菅原道真の古代日本論

独白する日本書紀と万葉集の虚構

武井敏男

郁朋社

菅原道真の古代日本論 ——独白する日本書紀と万葉集の虚構——／目次

凡例

一　口語訳は〔　〕の中に記す。

二　原文中の注は｛　｝の中に記す。

三　筆者による補足は〈　〉の中に記す。

四　筆者による注は（　）の中に記す。

五　原文中の一部を筆者によって省略する場合は…と記す。

第一章　春はいつ来たる

わが息子高視《たかみ》に、届かぬかもしれない書簡をここ数ヶ月をかけて書き続けてきた。今は延喜三年（九〇三年）正月だ。

昌泰《しょうたい》四年（九〇一年）正月二十五日、内裏が左右衛門府《えもんふ》の衛士《えじ》によって厳重に警護される中、紫宸殿《ししんでん》に出御された醍醐帝より詔が発せられた。

早春の晴れた日の出来事だった。私はしばらくの間身動きができなかった。その場に臨んだ親王、諸王、諸臣や官人のざわめき、さらに警護にあたる衛士たちの慌ただしい動きも、ゆっくり浮游しているかのように映った。色彩がすべてのものから消え失せ、周囲の人々の声まで聞こえなくなった。

詔の後、帝が紫宸殿よりご退出された後、すぐに自宅で待機せよとの命をうけ、厳重な警戒の中、私は五条にある白梅殿《はくばいでん》に下がった。

白梅殿の小道を隔てた北側には紅梅殿《こうばいでん》がある。朝方その紅梅殿の庭でのどかに囀っていた小鳥たちの鳴き声も、すでに消えていた。家人や門人たちの声も耳から遠ざかったままだった。白梅殿にもどって一時《いっとき》ほど（約二時間）してゆっくりとあたりの風景がもとの色合いを取り戻し、人々の声や小鳥の囀りが戻ってきたように感じたとき、私は、実は予想し恐れていた事態が現実になったことを認めざるを得なかった。

「やはりやって来たか」

うめくように呟いた。

しかし、その言葉は言葉になっていなかったと思う。その後の言葉も出なかった。事態が私自身とは無関係に推移しているように感じられ、言葉で抗おうとしても抗うことができなかった。

後に門下生を通じて知ったことだが、この日、私の太宰府への左遷を知った醍醐帝の御尊父宇多法皇が、この詔を撤回させるべく参内《さんだい》し帝に謁見なさろうとされたが、帝に近侍している蔵人所《くろうどどころ》の長官であった藤原菅根《ふじわらのすがね》が法皇の仰せごとを帝に通じることをせず、また、警護にあたる衛士たちによって留められたため、法皇は草座《そうざ》を門前に敷いて終日座して開門をお待ちなされたということだった。しかし、開門されることはなく、この時本院とされていた右京にある仁和寺に空しくお帰りになったという。五日後の同月三十日にも法皇は参内なされて、帝に謁見なさろうと終夜門前で待たれたが、衛士が留めたため、法皇は再び帝とお会いすることなく、翌二月一日にお帰りなされたということだ。

この前年の昌泰三年（九〇〇年）十月十一日、当時、文章博士《もんじょうはかせ》だった三善清行《みよしきよゆき》から私宛てに奇妙な「奉る書」が届いた。

「伏して見ますに、明年は辛酉《しんゆう》の年（中国古代の讖緯《しんい》説に基づくと、革命が起こるという年）で、天子が革命によって代わる運にあたっており、特に二月には戦乱が起こる兆しがあります。その時、不運な者は必ず災厄に遭うことでしょう。その不運な者が誰であるかはわからなくとも、戦いになれば、命を失うことになるでしょう。…伏して思いますに、貴殿は学者の家から出て、大臣の位まで昇られた方であります。天子に愛され栄えて、貴殿の人生の栄光は吉備真備《びのまきび》殿の他には較べようもありません。伏してお願い申し上げますことは、身の程をわきまえ、現在の自分の栄誉ある地位を顧み、〈引退された方がよいでしょう〉（「其の止足を知り、其の栄文を察っせよ…」）」

と記されていた。

一読すると、私の身を案じているかのように読めなくもない書状だったが、明らかに脅迫文だった。

私に対する善意の忠告であれば、私だけに忠告して他言するはずはない。しかし、三善清行は、私に書状を寄こした十日後、今度は朝廷に「明年辛酉革命の議」を上書し、つぎのような建議をしたのだった。

「明年二月は革命の時であり、君臣相害する時にあたっております。この易《えき》の説を中国および日本の歴史にあてはめてみますと、全く狂いのないことに気づきました。しかも、陛下（醍醐帝）は即位の初めから陰暦十一月一日が冬至にあたる朔旦冬至《さくたんとうじ》という吉兆の慶に遇われ、また天体も頻りに革新の祥瑞を示しています。ただし、変革の際には、非常な混乱が生じ、必ず武器が用いられ、誅斬《ちゅうざん》が行われるでありましょう。聖慮を廻らし群臣を戒め、邪計異図を塞ぎ、近臣の心を推察されるべきであります」

と。

「邪計異図」をもった人間が、近臣の中にいるとほのめかしている。事態は、まさに清行の謀略どおりになった。清行の言動が、私の太宰府への左遷にとって重大な役割を果たしたのではないか。

三善清行、この男は私にとって不気味な存在だった。

私は、元慶《がんぎょう》二年（八七八年）から元慶五年（八八一年）にかけて、文章博士として、内裏の一角にある宜陽殿《ぎようでん》の東廂《とうしょう》（表座敷の東にある脇部屋）で高級官僚たちを前にして『日本書紀』の講書をした。当初、文章博士は私と都良香《みやこのよしか》殿であったが、良香殿は体調が思わしくなく、元慶三年（八七九年）二月に亡くなられた。そんなこともあって、私がほぼ一人で講書をしたのだった。その折、文章得業生《もんじょうとくごうしょう》（文章生《もんじょうしょう》になって後、五・六年を経て、さらに試験を受け合格した者）だった三善清行は講書の助手である「都講《とこう》」でもあった。私の講書はもちろんのこと、講書の休憩時間に私が独り呟くことも、清行の耳に入っていたのであろう。

詩人でもありたいと願っていた私は、自然独り呟く癖を身につけてしまっていた。都講たちが近くにいるところで、ため息混じりに『日本書紀』に関する疑問点を独白したかもしれないのだ。迂闊だった。

『日本書紀』に関する疑問点を講書の中で述べるわけにはいかない。『日本書紀』はわが国の「正史」であり、疑問の余地のない歴史書として扱わなければならない書物だからだ。『日本書紀』に関して疑義を持つことはそれ自体が悪業だということを、清行は知っていた。清行は、この私の悪業をいつか何かに利用することができると考えたのではなかろうか。すべてを自分の損得から判断をし、他者を陥れることを世事に長けた智計と考えるこういう類の人間は、いつの世にもどこの世界にもいるものだ。

『日本書紀』の講書が終了する年つまり元慶五年（八八一年）の四月に、清行は「方略試《ほうりやくし》」（文章得業生になりえた者だけが受験できる第三関門の最高の国家試験）を受験した。その直前、清行の師である巨勢文雄《こせのふみお》殿は、「清行の才知ありの評判は同輩に超越している」と記した推薦状を、三善清行の方略試の問頭博士（試験官）であった私に送ってきた。私は三善清行という人物を既に知っていたから、字面通りにはその推薦状を読めなかった。しかし、だからといって、方略試にあたり偏見を抱いて清行に接しようとはまったく考えていなかった。

　この方略試の試験で私が清行に下した判定は「不第《ふだい》」（不合格）だった。この方略試という試験はたいへん難しく、合格した場合ですら、「丁第《ていだい》」（すれすれ合格）か、「不第」の数年後に「改判丁第《かいはんていだい》」（不合格だったが、後に改めて判断されてすれすれ合格）がほとんどだった。三善清行の場合も、二年後の元慶七年（八八三年）に、私は「改判丁第」としたのだった。私の祖父で、高視《たかみ》たちの曾祖父である清公《きよとも》も不第とされたが、まもなく改判丁第となっている。私もかつて方略試に合格したものの、判定を下された都良香《みやこのよしか》殿は「令条に則《のっと》ると筋道がほぼ通じている、よって中上」とされたのだった。「中上」というのは、「上上」・「上中」・「上下」・「中上」・「不第」のうち、合格点で最低のものであり、「丁第」と同じであり、けっしてよい成績といえるものではなかった。

　清行が方略試を受けて不合格になった年、すなわち元慶五年（八八一年）に、私は詩「博士難」を書いた。その前年に、私が文章博士として大学で学生たちに教授するや、私の教え方を誹《そし》る噂を聞いた。文章生を文章得業生にする試験をすると、才能がなく及第しなかった者が、讒言《ざんげん》をして不平を言った。高視たちの祖父である是善《これよし》は同じ元慶四年（八八〇年）に他界したが、その私の父から、文章博士になると風当たりが強く、学問に関する他派からの攻撃に晒されるから心せよ、とよく聞かされていた。その噂や讒言の背後に三善清行の影をうすうす感じてもいた。その当時の苦しかった心のうちを、私は「博士難」で詠った。

「博士難」

…我博士と為りし歳
堂構　幸に経営せり
万人皆競ひ賀《よろこ》びたれど
慈父独り相驚く
相驚く何を以ての故ぞ
日く汝の孤惸《こけい》を悲しむ
博士の官は賤しきに非ず
博士の禄は軽きに非ず
吾先に此の職を経しより
謹みて人の情を畏れたりけり
始め慈誨《じかい》を聞きてより

（…私が文章博士になった年
文章道の講堂たる文章院が建てられた
すべての人が競って祝ってくれたが
慈父是善だけは心配された
どうしてなのか驚いた
お前には、頼りになる兄弟がいないのが心配だ
博士は官位が低いわけではない
博士は禄が少ないわけではない
だから私（是善）は博士の職禄を受けたときから
人の思惑を畏れてきたと
慈悲のこもった父からの教訓を聞いてから

氷を履《ふ》みて安らかに行かず
四年　朝議あり
我をして諸生に授けしむ
南面すること纔《わづか》に三日
耳に誹謗の声を聞けり
今年挙牒《きょちょう》を修せしに
取捨甚だ分明なりき
才無く先に捨てられたる者
讒口《ざんこう》虚名を訴ふ
…誠なるかな慈父の令《おし》へ
我を未だ萌《きざ》さざるに誡《いまし》む

畏れ謹んで安易な気持ちで行動しなかった
元慶四年（八八〇年）朝廷の詮議により
私が学生《がくしょう》にも講書をすることになったが
博士としてわずか三日講書をすると
私を誹る噂を聞いた
今年、文章生を文章得業生にする試験をしたが
判定の基準は明白だった
それなのに、才能がなく及第しなかった者が
讒言して私を名だけで見識がないという
…慈父の教えは本当だった
私に事が起きる前に戒めてくれたのだ」

さらに、あの「阿衡《あこう》の紛議」では、紛うことなく三善清行らしさが露見したように思える。
後（第三章　糾《あざな》える縄の如く）で詳しく記すが、仁和三年（八八七年）十一月末に「阿衡の紛議」は起こったが、その翌年（八八八年）五月に、大内記《だいないき》三善清行、左少弁《さしょうべん》藤原佐世《ふじわらのすけよ》そして少《しょ》外記《うげき》紀長谷雄《きのはせお》が、三人連名で「阿衡勘文《あこうかんもん》」を二度も朝廷に提出し、阿衡は名誉職で担当する職

務はないとの説を訴えた。清行らは、その文書を二度にわたって提出することで、「阿衡」が担当する職務がない名誉職に過ぎないとする関白藤原基経《ふじわらのもとつね》殿の見解に、あからさまに追従したのだった。

大宰府左遷の宣下《せんげ》（天皇が宣《の》べ下す言葉）を私は静かに聞いていた。左遷の理由はつぎの点にあった。

「朕の即位の初めに、左大臣藤原朝臣《あそん》時平らが先に宇多上皇の詔を賜り、相共に朕を輔《たす》け導き、朝政を執り行って五年になった。そして右大臣菅原朝臣道真は貧しい家柄から取り立てられて、俄《にわか》に右大臣に昇進させたが、身の程をわきまえず、己の権力をほしいままに振るおうとの心を持ち（「止足之分《しそくのぶん》を知らず、専横の心有り」）、媚びへつらって宇多上皇のご意向を欺き惑わせた。しかし、上皇の恩情を畏れ慎むことなく政を行い、敢えて恩情を思いやり申し上げることなく、皇位の廃立を行って、父子の慈しみの情を引き離し、兄弟の愛情をも破ろうとしている（「廃立を行ひ、父子の慈しみを離間し、兄弟の愛を淑皮《やぶらん》と欲す」）。口にする言葉は従順であるが心は逆である。このことは天下の知るところである。大臣の位に居るべきではない。法にしたがって罪に問うべきであるが、特に朕に思うところがあるにより、大臣の官にとどめ大宰権帥《だざいのごんのそち》に任じる」

左遷の一つの理由は、「身の程をわきまえず、己の権力をほしいままに振るおうとの心を持ち（「止足之分を知らず、専横の心有り」）」ということだった。どうして私が身の程をわきまえないで、横暴な振る舞いをしようとしていたというのか。三善清行が私に送ってきた「奉る書」の一文「其の止足を知り、其の栄分を察せよ…」〔身の程をわきまえ、現在の自分の栄誉ある地位を顧み、〈引退された方がよいでしょう〉〕という讒言《ざんげん》と軌を一にしているものではないか。

そもそも、こんな漠然としたことが左遷の理由になるのだろうか。確かに寛平三年（八九一年）に藤原基経殿が亡くなられて以来、私は異例の速さで昇叙された。その結果、私は早くから薄々身の危険を感じていた。だから昌泰二年（八九九年）に三度「右大臣を辞する表」を、帝に奉ったのだった。

「人心は既に〈右大臣に昇る〉私を許さず、上から見下ろす鬼の目が必ず目に角を立てて私を睨みつけるでしょう（「人心已《すで》に縦容《しょうよう》せず、必ず睚眦《がいさい》を加へん」）」（右大臣を辞する表一）

ここでの「人心」とは人々の心という意味ではない。大将・大臣などの身分の高い家柄に生まれた「将相の貴種」である藤原氏や、皇室の流れをくむ「宗室の清流」である源氏の諸卿の心のことだ。

「〈右大臣に昇ることは〉薄氷を踏み抜いて冷たい水の中に転落するのを確信するようなもの

です（「冶氷《やひょう》を履《ふ》んで陥没を期するが如し」）」（右大臣を辞する表二）
「臣である私は自ら右大臣になったことの過ちを知りました。私が右大臣になり勢いに満ちあふれることを、一体誰が許すでしょうか。私の身の破滅は稲妻よりも速やかに傾き崩れ、過分の扱いに応ずるだけです（「臣自ら其の過差《かさ》を知る。人孰《いずれ》か彼の盈溢《えいいつ》を恕《じょ》せん。顚覆《てんぷく》、流電《るでん》よりも急に《すみやか》、傾頽《けいたい》、踰機《ゆき》に応ずるのみ」）」（右大臣を辞する表三）
ほかにも、昌泰三年（九〇〇年）には二度「右大将を辞する表」を帝に奉った。
私が書き認《したた》めたこれらの辞表は、現在も高位高官に昇る時、しばしば慣例的に行われる形式的な辞表ではなかった。朝廷に仕える者たちからの嫉視《しっし》、学問に関する他派からの攻撃、さらに大きな権力を持つ「将相の貴種」である藤原氏や、皇室の流れをくむ「宗室の清流」である源氏の諸卿からの嫉妬を肌に感じていたからだった。一介の学者があまりに高位高官に昇ったとき、どんな運命が、どんな危険が待ち受けているか、私にもわからぬわけではなかった。これらの辞表には形式的な辞表にはない文言があることを、醍醐帝はご理解なされていたと思う。そして昌泰四年（九〇一年）の正月の七日に、私が藤原時平殿と同時に従二位《じゅにい》に叙せられたのは、この左遷の詔のわずか十八日前のことだった。しかも、この昇叙措置を行ったのは当の醍醐帝ではなかったか。
しかし、帝はこの時、御年十七歳、在位五年目、まだまだ政道に関して補佐する臣下の意見を尊重せざるを得ないところがあったのではなかったか。私は帝をお恨み申し上げようなどとは、つゆ思ってもいない。その思いは今も変わることはない。

昌泰三年（九〇〇年）の八月には、私は自らの詩文を『菅家文草《かんけぶんそう》』にまとめ、祖父清公の『菅家集《かんけしゅう》』と父是善の『菅相公集《かんしょうこうしゅう》』とともに帝に献上した。帝から求められたということもあったが、三代にわたり菅原家は文章博士としてまた詩人として生きてきたことを示し、決して権力を望んではいないことを暗にお示しするためだった。この時、帝から詩を賜り、その左注には「平生愛する所、白氏の文集七十巻これなり。今菅家あるを以て、亦帙《ちつ》（書物の損傷を防ぐ覆い）を開かざらむ（平生、愛読書は『白氏文集』七十巻だったが、今菅家の漢詩集を得て、今後は『白氏文集』を読むことはないであろう）」とあった。『菅家文草』の詩は『白氏文集』に勝るとして、お褒めの言葉を頂いたのだった。

この年（昌泰三年〈九〇〇年〉）の九月十日には、「九日後朝、同じく秋の思ひといふことを賦す」という詩の中で、帝にお仕え申し上げる気持ちを率直に表した。

君は春秋に富み　臣は漸くに老いにたり
恩は涯岸《がいがん》無くして　報いむことはなほし遅し
知らず　この意《こころ》何《いず》れにか安慰せむ

酒を飲み琴を聴き　又詩を詠ぜむ
〔帝は春秋に富み　臣である私は次第に老いてまいりました
帝恩は限りが無く　その恩に報いたいと焦っても思うに任せません
このもどかしい私の思いを　どこで安らげることができるでしょうか
酒を飲み琴を聴き　また詩を詠って安らげましょうか〕

こうした思いは今も変わることがない。

左遷のもう一つの理由は、「皇位の廃立を行って、父子の慈しみの情を引き離し、兄弟の愛情をも破ろうとしている」（「廃立を行ひ、父子の慈しみを離間し、兄弟の愛を淑皮《やぶらん》と欲す」）ということにあった。つまり、醍醐帝の廃立を行って、宇多上皇と醍醐帝・斉世《ときよ》親王との父子の慈しみの情を引き離し、さらに醍醐帝と斉世親王の兄弟の愛情をも破ろうとしているということにあった。このことはつまり、斉世親王が帝となられ、私が帝の外戚となって、あわよくば政治の実権を握ろうとしているということを意味していた。斉世親王は帝の異母弟にあたり、わが娘の寧子《やすこ》がその妃だったからだ。

胤子《たねこ》（藤原高藤《ふじわらのたかふじ》の娘）
　　＝　醍醐帝
宇多上皇
　　＝　斉世親王　＝　寧子（道真の娘）
義子《よしこ》（橘広相《ひろみ》の娘）

帝が私の左遷を決断するに至ったのは、この第二の理由のためだったのだろう。臣下たちから、私による様々な帝の廃位の危険性を進言されたことであろう。

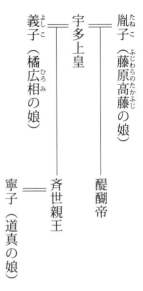

もし私が本当に帝を天皇の位から下ろし、代わって斉世親王を立てようとしたとすれば、私は「謀反」を計画したことになり、死罪もやむを得ないことになる。「謀反」は「みかどかたぶけむとはかる」とも読み、「国家つまり天皇を危うくせんと謀ること」を言うのだから。

こうした嫌疑をかけられた者は捕らえられ、取り調べを受け、その後断罪されるのが昔から現在に至るまで例外なく行われているやり方だ。「謀反」が疑われる場合、その訊問・拷問は想像を絶している。にもかかわらず、私はもちろんのこと、私の周辺で取り調べを受けた者がいたとは聞いていていない。まったく根拠がないから訊問・拷問もなく、太宰府へ配流という処置をとるに至ったのではないか。これを冤罪と言わないで、なんと言うのだろうか。私は無実だ。

寛平九年（八九七年）七月三日に宇多帝が御退位なされる時、

「大納言藤原朝臣時平・権大納言菅原朝臣道真の二人は、年若い醍醐天皇が成人するまでの間、全ての政の、新帝に申し上げ裁可を請うべき事を、且つその趣旨を、新帝に知らせ教えて、これを申し上げ、これの裁可を請え。そして新帝が勅命を伝え行うべき道を誤ることがないよう、勅命を臣下に伝えて行え」

と命じられた。

ご退位される帝は当時三十一歳、醍醐帝は十三歳、「その趣旨を、新帝に知らせ教えて」とか「新帝が勅命を伝え行うべき道を誤ることがないよう」というお言葉は、新帝がまだ幼いことを意識されてのものだった。新帝が通常の元服年齢である十五歳になられるまでの二年間、政に関するすべてのことは時平殿と私に諮って行うべきという「奏請宣行《そうせいせんこう》」の職務を、摂政経験も大臣経験もない時平殿と私に与えなされたのだった。

この時、仁明《にんみょう》天皇の第三皇子であった権大納言　源　光《みなもとのひかる》殿、また、ご息女胤子《たねこ》様が先帝（宇多帝）の后であり醍醐帝のご母堂でいらっしゃる中納言藤原高藤《ふじわらのたかふじ》殿、先帝の養母である淑子《よしこ》さまの同母兄であった中納言藤原国経《ふじわらのくにつね》殿らは、政務を放棄されてしまった。この方々は政務に強く関与する納言《なごん》でいらっしゃったのだが。

・源光（仁明帝の第三皇子、宇多帝の伯父）
・藤原高藤（ご息女胤子は、宇多帝の后で醍醐帝の御母堂）
・藤原国経（同母妹淑子は、宇多帝が臣籍に降下していた源定見《みなもとのさだみ》時代からの宇多帝の養母）

時平殿に対しては、その方々は不満を抱くことはない。「将相の貴種」として、天皇家を補佐する藤原鎌足殿以来の伝統の上に時平殿はいたのだから。不満を抱くとすれば、一介の学者にすぎない私が宇多帝（宇多上皇）から大変な寵遇を得ていたことに対してだった。私は政務が滞ることは避けたかったので、昌泰元年（八九八年）九月四日、宇多上皇に、「納言たちに、律令国家機構の中心的事務機関である弁官《べんかん》からのすべての上申を受け、決済する政務に従事するよう、君命をもって諭してください」

と請うた。

この後、九月十八日に上皇が勅旨を下して大納言・中納言たちを説得なされたのだった。しかし、私が彼らから疎んじられていることは間違いなかった。「将相の貴種」である藤原氏や「宗室の清流」である源氏の諸卿は私の左遷を望んでいたのだ。

また、学閥どうしの相剋も絶えなかった。

文章博士へと通じる最高の国家試験である方略試《ほうりやくし》という試験は、たいへん難しく、慶雲《きょううん》年間（七〇四年～七〇七年）から現在（延喜二年、九〇二年）に至る約二百年の間に合格者は六十人にも満たないのだ。だから、過酷ともいえる勉強を強いられることになる。

私が文章生になって五年目の貞観九年（八六七年）に文章得業生となり、文章博士になることを目指して勉強していた頃、燦然と輝く学者は春澄善縄《はるすみのよしただ》殿だった。お父上は従八位下《じゅはちいげ》という位階で周防国《すおうのくに》の大目《だいさかん》として官事を記録したり公文書の草案作成をされていたそうだ。春澄善縄殿はいわば下級官吏の子息でありながら、勉学一筋で身を起こし、後に『続日本後紀《しょくにほんこうき》』を編輯されたり、参議にも昇られた。春澄善縄殿は学問を志す者にとって目標だった。

一方、私の曾祖父古人《ふるひと》も祖父清公《きよとも》も父是善《これよし》も、ともに文章博士だった。私は文章道に精進するにあたり、たしかに環境に恵まれていた。だから、私に対する風当たりは強かった。しかも、出自によってではなく実力によってのみ文章博士になることが可能なのだから、過酷な勉強をせざるを得なかった。友との交わりも用事のみで済まして、談笑の仲間入りも断ってきた。高視たちの母である宣来子《のぶきこ》に対してさえも親しみ睦まじくすることをやめてしまった。

私は当時、宣来子と結婚しており、右京《うきょう》にある岳父島田忠臣《しまだのただおみ》の邸《やしき》に通っていた。周知のように、嫡男であっても若い頃は妻の実家で暮らすのが通例なのだが、この頃から二条にある菅原院という父是善の邸であり同時に父の私塾である「菅家廊下《かんけろうか》」があったところに泊まり込んで勉学に励むことになった。菅原院は正殿の脇の対《たい》の屋《や》と書庫との間が長い廊下になっていて、門下生はそこに机を並べて学問をしたので、「菅家廊下」と呼ばれていた。

文章道（後には紀伝道とも言われた）が盛んになるにつれて、大学という公的な学校以外に、私塾が生まれた。だが、こうした私塾の発生は、私的な師弟関係の形成という要素を学問に持ち込み、学閥が発生することにもなった。学閥は、真なるものに忠実であらんとする学問にとって避けたいものだった。しかも、祖父清公以来私塾を興し、わが菅家一門が最大の学閥を形成していたのだった。また、元慶四年（八八〇年）に高視たちの祖父是善が死去した当時、わが私塾からは、ほぼ百人の文章生と文章得業生を輩出していた。そのため菅家廊下は「龍門《りゅうもん》」（出世の登竜門）と人に言われていた。その結果、菅家廊下は、学閥の鬩ぎ合いの中で、菅家一門に属さない人々から痛烈な批判を浴びることになったのだ。この中には三善清行の師で清行の方略試の直前に私に清行を推薦する書状を送ってきた巨勢文雄殿や三善清行を弟子としていた都良香殿もいた。都良香殿はもと父是善の門弟であったのだが。

学閥の鬩ぎ合いの苦い思い出は尽きない。

高視の曾祖父清公は天長二年（八二五年）八月から十七年間文章博士を務めていた。また、高視の祖父是善は、承和十二年（八四五年）から貞観九年（八六七年）までの二十二年間文章博士を務め、このうち十六年間は定員二名の文章博士を一人で務めた。その結果、天長二年（八二五年）八月から貞観九年（八六七年）までの四十二年のうち三年間を除いて菅家が文章博士をほぼ独占していたと言っても過言ではなかった。こうしたことも菅家廊下への攻撃の一因だった。

誹謗中傷の渦巻く学閥の闘ぎ合いの中で、私は疲れ切ってしまった。ここに私を左遷させる第二の理由となる勢力の存在があった。

ところで、学閥の闘ぎ合いの中で、時に素晴らしい出会いもあった。紀長谷雄《きのはせお》殿との出会いだ。私と同年齢で、はじめは都良香殿の門弟だったが、私たちが二十六歳の頃、長谷雄殿は突然私の門弟になりたいと願い出た。もちろん私は困惑した。しかし、その真剣さとどこかゆったりした態度に好感が持てた。門弟としてよりも、ともに学問を志す友としてつきあいが始まった。私は十八歳で文章生となったが、長谷雄殿は三十二歳でやっと文章生となった。しかし、三十七歳の時には文章得業生、三十九歳には方略試を突破して、後には図書頭《ずしよのかみ》を経て文章博士となり、公卿にもなり、私の生涯にわたる友となったのだ。

さらに、私を左遷へと誘うものは続いた。

上皇が天皇の座を退位なされた寛平九年（八九七年）七月三日以来、私は孤立感にさいなまれていた。考えてみれば、上皇の厚い信頼があったがために、急速な昇叙が可能になったのだから、宇多帝が天皇を退位なされて上皇になられた後、私の立場が脆弱なものになるのは当然の成り行きだった。これが私を左遷へと導く第三の理由だった。

そして、さらに左遷の第四の理由と思われるのは、つぎのことだろうか。宇多上皇が帝でいらっしゃった間は確かに私が時平殿より重く用いられる傾向があったが、私は時平殿から常に一歩下がって昇叙されてきた。しかし、昌泰四年（九〇一年）の正月七日に、醍醐帝により、時平殿と同時に私も従二位に叙せられたことが、藤原一門の盛衰に影響するのではないかという不安を時平殿に抱かせたのかもしれない。このような不安が確信に変わった時、時平殿は、「道真は醍醐帝の廃立を行って、父子の慈しみの情を引き離し、兄弟の愛情をも破ろうとしている」

と、帝に秘かに告げたのではないだろうか。

醍醐帝は、三善清行により上書された「明年辛酉革命の議」も、もちろんご存じだったはずだ。

だが、さらにもう一つ左遷の理由と思われるものがある。それは、私は特に学者として世を渡ることを心がけてきた者だが、「学者としても道真は失格だ」という烙印を押した方々が、藤原氏や天子に繋がる源氏の諸卿の方々の中に多くいるということだ。学者として断罪されるべき存在であるにもかかわらず、例外的に昇叙されてきた私の存在が疎ましかったというのが、左遷のもう一つの理由のように思われるのだ。

三善清行は、「奉る書」を私に送り、この十日後「明年辛酉革命の議」を朝廷に上書したが、その背景には、私が『日本書紀』の記事に多くの疑問を抱き矛盾点を発見したことを知り、このまま私を放置しておけば、わが国の歴史の始原以来連綿と続いてきたとされる天皇家の正当性が危うくなると考えたのではなかったか。しかも、このことを書面にすれば、この正当性に疑義が存在するということが記録として後世に伝わりかねないので、口頭で、「明年辛酉革命の議」を朝廷に上書した折りなどに、時平殿をはじめとする藤原一門や源氏の方々に私の悪業を吹聴して廻ったのではないだろうか。もちろん、その行動の原点にはすべてを自分の損得から判断をし、私を陥れることを世事に長けた智計と考える清行がいたのだが。

清行から、『日本書紀』に関して私が疑義を抱いていることを聞いた方々は、私への処断を何の躊躇いもなく決断されただろう。自分たちが正義であると思えるならば、犯罪者を裁くことになんの躊躇いも感じることはない。そこでは、自分たちが何を犯しているかさえ気づく必要がなかったのだ。

私は既に一人で『類従国史』を撰修した。『日本文徳天皇実録』の序文も書き、『日本三代実録』の編輯にも中心となって関わってきた。『新撰万葉集』の序文を書いたり編輯の監修もした。その際、後の『万葉集』のうちの数巻の編輯にも携わった。漢詩集である『菅家文草』を醍醐帝に進呈申し上げもした。こういう私だから、学者として『日本書紀』に関する疑義をいずれ公にするのではないかという疑念が、三善清行の煽動により時平殿や源氏の方々の間に生まれてしまったのではないだろうか。

私は学問上の疑義によって現在の天皇家を否定するなどということは毛頭考えてもいないし、わが国の歴史に関する疑義とくに大宝律令の発布以前のそれについて、今、公にすることもまったく考えていない。公人としては沈黙すべきだと考えている。ただ、私にとって真実と思われる大宝律令発布以前のわが国の歴史に関することや、私が編輯した後《のち》の『万葉集』に関することを、高視にだけは伝えておこうと思う。いつの日か、わが国の歴史や『万葉集』に関する真実が公になった方が、わが国のためによかったというときが必ず訪れるだろうから。この「いつの日か」がいつ来るかは私にもわからない。百年後かもしれないし、千年後かもしれない。その時まで、子々孫々にこの書簡を伝えてほしいのだ。この書簡は、私の学者としての良心の証なのだ。

虚妄の部分が意図的に存在する歴史観や文学は、やがてその全否定へと繋がる危険性がある。全否定も誤りだ。虚妄の部分を根本的に訂正する勇気と誠実さこそ、その国の未来にわたる建設的な歴史観や文化・文学を創り出すのではないだろうか。この勇気と誠実さを、高視たちや後世の人たちに期待したいのだ。

大宰府左遷の宣下から二日後には除目が行われ、高視よ、おまえの位階は当時従五位下であり、官職は大学頭《だいがくのかみ》、右少弁だったが、土佐介《とさのすけ》として配流されてしまった。景行《かげつら》（道真の次男）は当時従五位下、式部大丞《だいじょう》だったが、駿河権介として配流された。兼茂《かねしげ》（道真の三男）は正《しょう》六位下、右衛門尉《うえもんのじょう》だったが、飛驒権掾《ひだごんのじょう》として配流された。淳茂《あつしげ》（道真の四男）は文章得業生だったが、播磨国に配流された。
おまえたちに再び会えることはないかもしれない。書簡を書き送ることさえ思うに任せない状況なのだから。おまえたちへの思いを「楽天が北窓の三友といふ詩を詠む」という詩の中で詠った。

父と子と一時《ひととき》に五處《いつところ》に離れにき
口に言ふこと能はず　眼《まなこ》の中《うち》なる血
〔父である私とおまえたちとが、ひとときに五箇所に別れて離れてしまった
あまりのことに言葉も出ず　眼中に血がにじんで涙もこぼれなかった〕
おまえたちの運命を大きく変えてしまったことに忸怩たるものがあるが、しかし、おまえたちに謝ることはしない。謝るとすれば、私に非があったことになるからだ。

「海」
海ならず湛《たた》へる水の底までに　清き心は月ぞ照らさん
〔海どころではなく、さらに深く満ちている水の底までも清いというほどに清い私の心

は、空にかかる月が照らして、はっきりと見てくれることだろう」

しかし、私の娘寧子《やすこ》を妃とされた斉世《ときよ》親王が、私の左遷のため、縁座して出家されたと後で聞き、涙が止まらなかった。心から済まないと思った。

今、私は太宰府南館に終日引き籠って過ごしている。権帥《ごんのそち》であるから、太宰府の長官としての仕事はない。ただ名前だけの帥にすぎない。いや、その名前さえ空虚であり、謫居《たっきょ》する身なのだ。この南館は太宰府政庁の南、歩いてもさほど遠くない、唐里で二里にも満たないほど（約八百メートル）のところにある。太宰府の都府楼《とふろう》の瓦がかすかに見え、その東横にあるはずの観世音《かんぜおん》寺《じ》からは厳かな鐘の響きがかすかに聞こえてくる。

「門《かど》を出でず　七言」
一たび謫落《たくらく》せられて　柴荊《さいけい》に在りてより
万死兢兢《きょうきょう》たり　跼蹐《きょくせき》の情《こころ》
都府楼《とふろう》には纔《わずか》に瓦の色を看る
観音寺《かんのんじ》にはただ鐘の聲をのみ聴く
中懐は好《ことむな》し　孤雲に逐《したが》ひて去る
外物は相逢ひて　満月ぞ迎ふる

此の地《ところ》は身の撿繫《けんけい》せらるることなくとも
何為《なんす》れぞ　寸歩も門を出でて行かむ

〔「門を出ない　七言」〕

官位を落とされ配流されて　この配所の荒屋《あばらや》に住んでから
とても命は助からないとびくびくし　天地の間に身の置き場もない気持ちだ
都府樓の瓦がわずかに見え
観世音寺の鐘の音が聞こえるだけだ
精神の内部はちぎれ雲とともに去っていき空虚だ
しかし、私を巡る外の世界は規則正しく巡って　満月を迎えるのだ
私が今いるこの場所は　私の身を繫ぎ止めるということはしないけれど
どうしてか　門を出てちょっとでも歩き出そうという気になれない〕

私が京を離れたのが二月一日、その八日後、三善清行は左大臣時平殿に対し、つぎの書状を奉ったとのことだ。

「大宰権帥の道真は代々にわたる儒家であり、その門人弟子は役人の半数を占めています。もし、彼らがみな罪により遠方へ流されるならば、恐らく善人まで失うことになるでしょう。そ

ればかりでなく、悪逆の主である道真は、なお軽い刑に処せられたにすぎませんが、その門人に至っては、利益を請い、仕事をしているに過ぎないのです。どうして道真の謀略を知ることがあるでしょうか。伏してお願い申し上げますことは、宮中の警備を掌る役所の役人、国境警備のため武器を用いる職にある者、道真の家で事務を司る職員や近親者の中で、道真の共謀者・逆徒（「同謀凶党の人」）などでなければ、左遷したりせず、情け深く対処なされてください」

菅家の門人たちの不安を取り除き、彼らを時平殿に繋ぎ止めることが、清行や時平殿にとっても、得策だと進言している。しかも、私を「悪逆の主」とし、私の身近に「同謀凶党の人」がいることを自明なこととして、時平殿が私を処罰したことは当然のことと見なしている。後に、秘かにここ太宰府南館にやって来てくれた門人から、この書状の内容を知った。また、三月には、高視に代わって大学頭《だいがくのかみ》を兼任したのが三善清行だったことも、その門人から知ったのだった。

第二章　『日本書紀』を読む

文章得業生となって三年後の貞観十二年（八七〇年）、二十六歳のときに方略試に合格して官人として歩み始めた。この年正《しょう》六位上《じょう》に叙された後、翌年の正月には外交使節の接待・送迎や僧尼の名籍などを掌る玄蕃助《げんばのすけ》に任命され、三月には詔勅の起草を任とする少内記《しょうないき》に遷《うつ》った。貞観十四年（八七二年）正月六日には渤海使《ぼっかいし》の接待をするため存問《ぞんもん》渤海客使に任じられたが、母の喪のため私は停職となった。貞観十六年（八七四年）には従五位下に叙され、兵部《ひょうぶ》少輔《しょうふ》に任命されたが、すぐに民部少輔《みんぶしょうふ》に遷った。

民部少輔を三年務めた後、貞観十九年（八七七年）正月、式部少輔《しきぶしょうふ》に任命された。式部省は文官の勤務評定、位階・官職に任ずる選叙、位階・官職に任命する文書の作成、大学の管理などを職務としている。さらに、同年（四月十六日改元して「元慶元年」）十月に文章博士も兼ねたことは私の誇りだった。けっして人に誇ろうというのではない。ただ、高視たちの曾祖父清公、祖父是善とも式部大輔《しきぶたいふ》となり、また文章博士でもあったことと、私の担当する職務が重なり、三代にわたって学問を通じて世を渡ることができたことが、私の本懐だったからだ。私も後に式部大輔になったが、この時の感激の方が印象深い。私の曾祖父の古人も文章博士であったことを考えあわせると、感慨無量だった。この頃が私にとっては最も充実した人生だったように思う。

元慶二年（八七八年）から元慶五年（八八一年）にかけては、文章博士として宮廷で官僚たちを前にして、『日本書紀』の講書をした。元慶三年（八七九年）の冬から同五年夏までは、文章博士巨勢文雄殿の後を承けて『後漢書』の講書もした。

文章道は、本来、文学や歴史、とくに中国の『史記』や『漢書』や『後漢書』を教科書とし、『文選』も重視したが、文章博士は『日本書紀』をわが国の「正史」として高級官僚たちに講書することも職務だった。しかし、『日本書紀』を『後漢書』をはじめ中国や韓国《からくに》（韓地）の歴史書と対比しながら読み進めるうちに、さまざまな疑問にぶつかることになった。

まして文章博士の重要な仕事の一つに、政策について太政官から諮問を受けた場合、わが国の歴史を遡り、また中国等の歴史も参考にして、その諮問に答えなければならないという職務があった。そのため諮問に答えるだけの見識を普段から深めていなければならなかったのだ。

その一：天武天皇の信濃国遷都構想

『日本書紀』の「天武紀」を読んでいたとき、信濃国への遷都を示唆する記事が目についた。

天武十三年（六八四年）二月二十八日の条：「広瀬王《ひろせのきみ》、小錦中（冠位二十六階の第十一位）大伴安麻呂《おおとものやすまろ》と判官《まつりごとひと》・文書を司る録事《ふびと》・地相を見る陰陽師《おんみようじ》・工匠《たくみ》等を畿内に遣わして、都を造るのにふさわしい地を視察、占わせた。この日に三野王《みののおうきみ》、小錦下（冠位二十六階の第十二位）采女臣筑羅《うねめのおみちくら》等を信濃に遣わして、地形を調べさせた。この地に都を造ろうと思われたのであろうか」

天武十三年（六八四年）閏《うるう》四月十一日の条：「三野王等が信濃国の地図を進上した」

天武十四年（六八五年）十月十日の条：「軽部朝臣足瀬《かるべのあそんたるせ》・高田首新家《たかたのおびとにひのみ》・荒田尾連麻呂《あらたをのむらじまろ》を信濃に遣わして、行宮《かりみや》を造らせた。思うに、束間温湯《つかまのゆ》に行幸なさろうと思われたのであろうか」

以上の条から、天武天皇は第二あるいは第三の都を信濃国に置くことを考えていたようだが、結局は信濃国にある束間温泉に行幸するためだったと読めそうだ。しかし、その後、天武天皇が束間温湯に行幸した記録はない。さらに、ここで一つの疑問が浮かんだ。温泉地に行くために、地形を調べたり、地図を進上させたりするだろうかという疑問だ。

『紀』の中に登場する天皇の温泉地行幸記事は、舒明天皇が舒明三年（六三一年）と十年（六三八年）に有馬温泉に行幸、さらに、舒明十一年（六三九年）に道後温泉に行幸、また、孝徳天皇が大化三年（六四七年）に有馬温泉に行幸、斉明天皇が斉明四年（六五八年）に紀伊国の湯崎温泉に行幸したなどの記事がある。

『伊予国風土記』には、つぎのように記されている。

「天皇たちが伊予の湯に行幸のためお下りなされたことが五回ある。景行天皇とその皇后の八坂入姫命《やさかいりひめのみこと》のお二人で一回である。仲哀天皇とその皇后の神功皇后のお二人で一回である。上宮の聖徳皇子《かみつみやしようとこのみこ》（聖徳太子）でもって一回であり、またその折には侍従として高麗《こま》の恵慈《えじ》法師と葛城《かずらき》の臣《おみ》が付き従っていた。…岡本の天皇（舒明天皇）とその皇后（後の皇極・斉明天皇）とのお二人で一回である。…後の岡本の天皇（斉明天皇）と後の天智天皇また後の天武天皇のお三人で一回である。以上を行幸五回というのである」

と。

詳細に伊予の湯への行幸について記しているが、いずれも、行幸する以前にそれぞれの地形を調べたり、地図を作らせたりした記録はない。都の建設予定地でない場合は、調査しないのだろう。

『続日本紀』の中の和銅元年（七〇八年）二月十五日の条には、元明天皇の詔の中で、「王公大臣はみな言う。『昔から近頃に至るまで、太陽や星を観測して、東西南北を確かめ、宮室の基礎を定め、世を占い地相を見て、帝皇の都を建てている。天子の証である鼎《かなえ》を安定させる基礎は、永く固く無窮で、天子の業もここに定まるであろう』と」とある。

この記事は、昔から都を定める際、必ずその地相をみることを示している。とすれば、都を遷そうとする場合には、事前にその地の地相・地形を確認する作業があり、一方、温泉地に行幸する場合は地相・地形を事前に確認することはない。したがって、信濃の国の場合、初めは第二・第三の都の対象として考えていたのだが、なんらかの事情により遷都を視野に入れる必要がなくなり、その後、温泉地として行幸の対象になったが、結局、天武天皇は一度も束間温泉に行幸されなかったと考えるべきなのだろう。

では、たとえ実現しなかったとはいえ、なぜ信濃国に第二あるいは第三の都を考えたのだろうか。三国時代の魏、また新羅・渤海などは「五京制」あるいは「五都制」を取り入れ、首都とは別に複数の都を置いた。戦いの際、臨時に都を遷す場合があったからだろう。わが国においても戦いはありうることだから、これは理解できる。しかし、なぜ信濃国への遷都を考える必要があったのか。そして、なぜ結局その構想を中止したのだろうか。

こんな疑問から私の不思議な旅が始まった。

第一の疑問について普通考えられる理由は、天武時代（六七二年〜六八六年）の国際関係の緊張のためだということだろう。

斉明六年（六六〇年）に唐と新羅の連合軍によって百済が滅亡したとき、その百済王であった義慈王《ぎじおう》、その義慈王の子の扶余隆《ふよりゅう》を、唐の高宗は熊津都督《ゆうしんととく》とした。「都督」とは、中国において、三国時代以降、地方の軍政を統括した軍司令官をいう。唐の支配下にある旧百済の軍司令官で、その軍司令官の任地が「熊津」であったので、扶余隆を「熊津都督」と言ったのだ。

さらに麟徳《りんとく》二年（六六五年）、高宗は自らの使者である劉仁願《りゅうじんがん》と熊津都督の扶余隆と新羅の文武王《ぶんぶおう》との間で和を誓う盟約を結ばせた。これを「白馬の盟約」と言う。高宗には旧百済を唐の領土とする意図はなく、旧百済の有力者である扶余隆をその地の都督とし、これを臣下にしたのだ。後の『三国史記』「新羅本紀」には、

「扶余隆を熊津都督に任じて、その祭祀を守らせ国土を保たせるから、新羅と相寄り合って永く友邦となりそれぞれ長年の恨みを除いて修好し和親し、各自、唐の高宗の勅命を奉じて、唐の王室を擁護する諸侯として服属せよ」

と記されている。

その後、總章《そうしょう》元年（六六八年）、唐の高宗は高句麗を滅亡させたが、新羅文武王《ぶんぶおう》十年（六七〇年）に、新羅の文武王が滅亡時の高句麗王である宝蔵王《ほうぞうおう》の跡継ぎである安勝《あんしょう》を旧百済の金馬渚《きんばしょ》の地に高句麗王として封じ、一種の「冊封《さくほう》」を行ったため、唐の高宗はこれを新羅の文武王に

よる中国皇帝を真似た越権行為と断じ、上元元年（六七四年）新羅に対し二十万の兵を出兵させた。こうして唐の韓地での宥和政策は長続きしなかった。

この後も唐と新羅の攻防は続き、儀鳳《ぎほう》元年（六七六年）には、高宗は旧高句麗の都である平壌に置かれた安東都護府《あんとうとごふ》（都護府は唐が周辺諸国統御のために設けた役所）を遼東半島南部に後退させ韓地から手を引くにおよび、新羅は神文王《しんぶんおう》四年（六八四年）に金馬渚にあった高句麗を滅ぼし、朝鮮半島の統一に成功した。したがって、斉明六年（六六〇年）に百済を滅亡させたときの唐と新羅の堅い同盟関係は、新羅文武王十年（六七〇年）以後保持されることはなかったし、唐が韓地で強い影響力をもつこともなかった。

一方、新羅は唐との対抗上、わが国との親交を強く求め、わが国の要求に応じて、わが国に朝貢をする外交関係を持った。こうして天武五年（六七六年）から天武十四年（六八五年）までは新羅使はほぼ毎年、持統元年（六八七年）から慶雲《きょううん》二年（七〇五年）までは二年に一度わが国に派遣され、さらに聖武天皇の神亀《じんき》年間（七二五年〜七二八年）まで、日本との外交関係を続けていたのだ。とすれば、天武時代は無論のこと神亀年間まで、およそ五十年間、新羅はけっしてわが国の脅威になってはいない。

しかし、腑に落ちない点がある。

『紀』の「天武紀」には韓地から二十一回使者が来たと記されている。内訳は新羅が十一回、高麗《こま》が七回、耽羅《たんら》（済州島《チェジュトウ》にあった国）が三回だ。その目的は、朝貢が八回、進調《みつきたてまつる》・貢調《みつきたてまつる》（貢ぎ物を献上すること）十一回、賀忌一回、不明が一回だ。「朝貢」とは外国の使節が朝廷に参り天子を拝し、貢ぎ物を奉ることなのに、朝貢のため実際に朝廷のある大和に赴いたのは耽羅の一回のみであり、他の朝貢はすべて筑紫でとまっている。

朝貢以外の目的で大和に行ったのは新羅が三回、耽羅が一回だ。特に天武八年（六七九年）十月には新羅が「朝貢《みつぎたてまつ》る」と記されているが、貢ぎ物の名はあっても、大和に使者が来た様子もなく、また大和政権が使者を筑紫まで派遣した記述もない。不思議だ。

「天武紀」最後の使節は、天武十四年（六八五年）十一月に新羅が「進調」のため、併せて、自国の国政を上奏して許可を得る「請政《しようせい》」のため、派遣した使節だった。これに応えて朱鳥《あかみとり》元年（六八六年）一月、大和政権は川内王《かわうちのおおきみ》を代表とする饗応団を筑紫に遣わし、また四月十三日には饗応のため明日香村にあった川原寺の伎楽を筑紫に運び、たいへんな歓迎をしたようだが、新羅の使節団は大和には行かず、貢ぎ物が大和に貢上されたにすぎない。多くの使者が筑紫にとどまった不可解さはどこからくるのだろうか。

また、わが国と唐との関係だが、不思議な点がある。『紀』によれば、遣唐使の派遣は、舒明二年（六三〇年）、白雉四年（六五三年）、白雉五年（六五四年）、斉明五年（六五九年）と、百済が滅亡し、わが国に救援を求めてきた斉明六年（六六〇年）の前年までに四回あり、白村江の戦い（六六三年）以後すぐに、天智四年（六六五年）、天智六年（六六七年）、天智八年（六六九年）に遣唐使の派遣がなされている。したがって唐とわが国との間に侵攻したり侵攻されたりする敵対的関係は存在しないように見える。この不可解さはどう理解したらよいのか。遣唐使の頻繁な派遣と唐との敵対関係は矛盾するはずなのだから。唐が白村江の戦い（六六三年）で徹底的に打ち負かした倭国は、大和政権ではないということなのだろうか。

いずれにしても、天武天皇が信濃国に都を遷すことを構想したとすれば、それは新羅や唐を仮想敵国として、その侵攻を考慮に入れた結果のことではなかったと言えるだろう。

では、一体なぜ信濃国に第二あるいは第三の都を考えたのか。

つぎの『続日本紀《しょくにほんぎ》』の記事には目を見張った。

〈元明天皇〉慶雲《きょううん》四年（七〇七年）七月十七日の条：「戸籍を脱して山や湿地に亡命（行政命令を拒否）し、禁じられている兵器を含む旗、鎧の背に差した目印の旗鼓・楽器など、正規軍が必要とするすべてのものを所持して百日を経っても自首しない者は、本来のように罰する」

〈元明天皇〉和銅元年（七〇八年）一月の条：「（大赦の詔の中で）戸籍を脱して山や湿地に亡命し、大和政権によって禁じられている禁書をしまい隠して百日を経っても自首しない者は、本来のように罰する」

〈元正天皇〉養老元年（七一七年）十一月十七日の条：「戸籍を脱して山や湿地に亡命し、禁じられている兵器を隠し持って、百日を経っても自首しない者は、本来のように罰する」

右の『続日本紀』中の条は、大和朝廷の指揮下にない別の正規軍の残党が遊撃戦を展開して、大和朝廷に抵抗している内容になっている。とすれば、天武天皇は、このような事態を予想して信濃国に遷都もあり得る準備を進めたが、それが杞憂に終わったため、遷都ではなく温泉行幸へと計画を変更したのではなかったか。そして、天武帝の杞憂の原因となった別の正規軍による遊撃戦の事態は、天武天皇崩御（六八六年）後二十年を過ぎて現実になったのではなかったか。では、大和朝廷の指揮下にない別の正規軍とは一体何なのだろうか。

その二：日出づる處の天子

『紀』には、推古十五年（六〇七年）秋七月三日に小野妹子《おののいもこ》を「大唐」に遣わし、翌十六年（六〇八年）四月に妹子が「大唐」の使者、裴世清《はいせいせい》らとともに帰国したとあるが、このとき、妹子は「唐帝」から授かった「書」を百済国を通過する間に百済人に盗み取られたため、その書簡を推古天皇に奉ることができなくなったという記事が、推古十六年（六〇八年）六月十五日の条にある。

「ここに妹子臣は奏上して、『私が帰還する時に、唐帝は書簡を私に授けました。しかし、百済国を通過する間に、百済人が探して盗み取りました。このために、奉ることができなくなりました』と申し上げた」

官僚たちを前にして、私は、「大唐」は「隋」のこと、「唐帝」はときの隋の皇帝煬帝《ようだい》のこととして講書した。唐が中国を統一したのは、唐の高祖の武徳元年（六一八年）で、これ以前は隋朝であり、隋の第二代皇帝煬帝の在位期間は仁壽《にんじゅ》四年（六〇四年）から義寧《ぎねい》元年（六一七年）なのだから、そう解釈する以外あり得ないことだった。だが、隋の煬帝からの書簡とはもちろん国書のことだが、皇帝が他国に出す公式文書である国書を相手国の使者が盗み取られることなどあるのだろうか。

『紀』には、その紛失事件を聞いた群臣は相談して、

「そもそも使者たる者は、死んでも任務を遂行するものである。この使者はどうして怠慢にも大国の書簡を失ったのか」

と言い、流刑に処することを主張したが、

推古天皇は、

「妹子には書簡を失った罪はあるが、軽々しく断罪してはならない。妹子とともに来日した彼《か》の裴世清という大国の客らが〈煬帝からの〉国書を盗み取られたことを聞いたら、国書を粗末

に扱ったと理解するだろうから不都合であろう」

と宣《のたま》いて、妹子を許したと記されている。

しかし、裴世清らがいつまでもわが国に逗留していたわけではない。約五ヶ月間だ。彼らが帰国したのは同年（六〇八年）九月十一日。この時小野妹子を返使として裴世清を隋国まで送らせたとあるが、その後にでも国書を紛失したことに対する処罰はできるはずだ。処罰しない方が、国政の箍《たが》が緩み、支障をきたすのではないだろうか。そう考えると、ひょっとすると初めから煬帝からの国書はなかったのではないか、という疑問が湧いてきてしまったのだ。

しかも、奇妙なことに、『紀』「推古紀」によれば、裴世清が持参した煬帝からの国書が存在している。国書が二通あったということだろうか。そこには、「皇帝はここに倭皇《わこう》へのあいさつを述べる。使者長吏大礼《だいらい》蘇因高《そいんこう》（蘇因高は、小野妹子が隋国から貰ったとされる中国名）の一行が来て、倭皇の考えを詳しく伝えた。私は謹んで『宝命（天命）』を『欽承《きんしょう》し（受け）』て、天下に君臨している。徳を広めて人々に及ぼそうと思う。慈しみ育む気持ちには遠近による隔てなどない。倭皇はひとり海外にあって、民衆を愛おしみ、国内は安泰であり、人々の風習もむつまじく、志が深く至誠の心があって、遠くからはるばると朝貢してきたことを知った。その美しい忠誠心を私はうれしく思う。ようやく暖かくなり、私は変わりはない。そこで鴻臚寺《こうろじ》（漢の時代以降、外国使節謁見の儀礼を受け持った官庁）の裴世清らを遣わして往訪の意を述べ、別に物を送る」

と記されている。

きわめて親愛の情のこもった内容だ。

さらに、妹子を裴世清らの返使とした際（推古十六年）（六〇八年）、推古天皇が煬帝に送ったとされる返書には、

「東の天皇が謹んで西の皇帝に申し上げます。使者鴻臚寺の掌客である裴世清の一行が来て、長年の思いがまさに解け、長らく通交を望んできましたことがやっと達成できました。季節は秋で涼しくなりましたが、皇帝にはお変わりありませんか。ご清祥のことと存じます。こちらも変わりはございません。この度、大礼蘇因高《そいんこう》（小野妹子）、大礼乎那利《おなり》らを遣わします。簡単ではありますが、謹んでご挨拶申し上げます。敬具」

と『紀』の「推古紀」には記されている。

煬帝と対等の立場を意図する内容ではまったくなく、謙った内容だ。

ところが、『隋書』「俀国伝《たいこくでん》」の記事に、大業三年（六〇七年）には、多利思北孤《たりしほこ》が再び使者を送ってきて、その国書の中で、

「日出づる處の天子、書を日没する處の天子に致す。恙無《つつがな》きや（日が登る所に居る天子が、日が没する所に居る天子に国書を送る。平穏無事であるか）」

と記されていたことに、隋の煬帝は、

「これを覧《み》て悦ばず。鴻臚《こうろ》卿に謂ひて曰く蠻夷《ばんい》の書、無礼なる者有り。復《ま》た以て聞《ぶん》する勿《な》かれ〔この国書をご覧になって喜ばなかった。鴻臚卿に言うことに、『蛮族からの国書の中には無礼な者が書き送ってきたものがある。再びこうした書を朕に聞かせることが無いようにせよ』〕」

と立腹したとのことだ。

「日出づる處の天子」が「日没する處の天子」に国書を送るという文面に煬帝は立腹したばかりではなく、「書を○○に致す」という国書の書き方が、国どうしの関係が対等の場合に使用される書き方でもあるから、立腹したのだろう。推古十六年（六〇八年）に推古天皇が送ったとされる返書とは対照的だ。

しかも、妹子を返使とした際（推古十六年）、推古天皇が煬帝に送った挨拶状の中で、「長年の思いがまさに解け、長らく通交を望んできましたことがやっと達成できました」と記すのは、前年（推古十五年《六〇七年》）の遣使が初めての場合には適切だ。しかし、前年（六〇七年）の遣使が、大和政権による開皇二十年（六〇〇年）に続く二度目の遣使であるとすれば、奇妙な文面となってしまう。なぜなら、『隋書』「俀国伝」を読むと、隋の文帝の開皇二十年（六〇〇年）に、俀王《たいおう》で姓《せい》を阿毎《あま》といい字《あざな》を多利思北孤《たりしほこ》といい、阿輩鶏彌《あはいきみ》と号す者が、使者を遣わして、隋の都にやって来たとあるが、この使者を推古天皇が遣わしたとすれば、推古十五年（六〇七年）の遣使は二度目の遣使となるからだ。したがって、開皇二十年（六〇〇年）の遣使を推古天皇は遣わしていないから、この遣使のことが『紀』にまったく記されていないのだろうし、推古十五年（六〇七年）の遣使が初めてだったからこそ、「長年の思いがまさに解けました」と推古十六年（六〇八年）の返書に記すことができたのではないだろうか。

その他、文面上気になる点は、『紀』「推古紀」の煬帝からの国書とされる中に「朕は天命を受けた」という意味の「宝命を欽承す」という表現があることだ。これは、中国の各王朝の初代国王にのみ許される表現であって、第二代以降の国王がこの表現を用いた場合、初代国王を侮辱することになる。隋の初代皇帝は文帝であって煬帝は第二代皇帝であるから、煬帝が「宝命を欽承す」と記せるはずはない。推古十六年（六〇八年）は隋の大業四年に当たるのだから、皇帝は煬帝だ。したがって、この親書が内容上事実だとすれば、この親書は煬帝のものではなく、かつ、親書が記された年が誤っているということになる。

文献上、『隋書』「高祖、巻二」では、隋の初代皇帝である文帝は、朕は「天命を受けた」という表現に「宝命」を使わず、「天命を承《う》く」「命《めい》を受く」という表現を用いている。これに対し、『唐書』（後には、『新唐書』ができたため、『旧唐書《くとうじょ》』と改名された）の「高麗伝」には、唐の初代皇帝である高祖《こうそ》が、武徳五年（六二二年）高麗王である栄留王《えいりゅうおう》（建武王《ごんむおう》ともいう）に賜う書の中で、「宝命」という表現を用いている。とすれば、先の国書は隋の煬帝からのものではなく、唐の高祖のものであり、国書が送られた年も武徳元年（六一八年）以降のものということになるだろう。高祖の治世は武徳元年（六一八年）以降武徳九年（六二六年）までなのだから。

また、気になる点は、裴世清の官職が異なっている点だ。『紀』の「推古紀」では、隋の煬帝も推古天皇もともに、裴世清の官職は外国の使節を迎え接待にあたる官庁である「鴻臚寺」の掌客であると記しているのに対し、『隋書』「俀国伝」では、大業四年（六〇八年）に「煬帝は文林郎《ぶんりんろう》の裴世清を遣わして俀国に使いさせた」とあるように、裴世清は、秘書省に属し文史を撰録し旧事を検討することを掌《つかさど》る「文林郎」という天子直属の官職にあった。しかも「鴻臚寺の掌客」は正九品に属すのに対し、「文林郎」は従八品に属し、『隋書』「俀国伝」での裴世清の位階は『紀』の「推古紀」では下がっていることになる。もし『紀』の「推古紀」の記事が唐の時代のものだとすれば、隋朝のとき従八品にいた裴世清は、隋を滅ぼした唐朝では降品されたが、なお隋朝時代の才能と経験が買われ外交分野で活躍することになったということになり、大いにあり得るだろう。つまり、『紀』「推古紀」での隋の煬帝から送られたと読めそうな国書は、実は唐の高祖からの国書だったと解釈すれば無理がない。時代も十年以上下ることになる。さらに『隋書』「俀国伝」では煬帝が国書を俀国に送ったという記事はない。これに対し『紀』の「推古紀」では、推古十六年（六〇八年）に煬帝が親愛の情のこもった国書を送ったとされている。どちらが事実なのか。煬帝が「蠻夷の書、無礼なる者有り。復た以て聞する勿かれ」と言ったことが真実ならば、煬帝が国書を俀国に送らなかった方が自然だろう。

さらにまた、文章道の世界では、従来『紀』の「推古紀」中、推古十五年（六〇七年）から推古二十五年（六一七年）以前に出てくる「唐」十回、「大唐」七回は、すべて隋のことだと解釈してきたが、これは、隋朝が滅亡したのが推古二十六年（六一八年）なのだから、至極当然の解釈なのだが、『紀』の推古二十六年（六一八年）秋八月の一日の条に、「高麗はわが国に使者を派遣して、地方の産物を献上した。そうして『隋の煬帝が三十万の軍を起こしてわが国（高麗）を攻めましたが、逆にわが国に破られました。…』と申した」とあるように、『紀』の「推古紀」でも、隋の場合ははっきり「隋」と記している。

また、後の『三国史記』「新羅本紀」によれば、永徽《えいき》元年（六五〇年）のとき、「六月、使者を大唐に派遣して百済の軍を撃破したことを告げるとともに…」とか、同書「百済本紀」によれば、龍朔元年（六六一年）のとき、「聞くところによれば、大唐は新羅と誓約して百済の男女老少を問わず一切を殺し…」と明記している。さらに、『唐書』中には、貞観九年（六三五年）のとき、「我が大唐の使い…」とあって、新羅・百済・唐ともに「大唐」とは唐のことだとはっきり書いている。とすれば、『紀』の「推古紀」における「大唐」も「唐」もすべて、実は隋のことではなく、唐のことを言っていると解釈すべきなのだろう。

ところで、『隋書』「俀国《たいこく》伝」中の「俀国」とはどこの国なのか。そもそも「俀」とはどんな意味なのか。

「俀」とは「弱い」という意味だ。「俀国」とは「弱い国」という意味だ。隋代にわが国が自ら「弱い国」「俀国」と名乗ったのか。そんなに卑屈にならねばならない理由があったのか。

ここで私は、多利思北孤が「日出づる處の天子、書を日没する處の天子に致す。恙無きや」という国書を煬帝に送り、これに対して煬帝が「これを覧て悦ばず。鴻臚卿に謂ひて曰く蠻夷の書、無礼なる者有り。復た以て聞する勿かれ」と立腹したという、先に記した「俀国伝」中の一節を思い起こした。多利思北孤はわが国が弱い国どころか隋と対等に張り合うことのできる強国だと主張しているのだ。おそらく「倭国《ゐこく》」どころか自国を「大倭国《たいゐこく》」と記したのだろう。というのも、『隋書』「俀国伝」中に、「新羅や百済は、俀国を大国であり貴重な物が多いとし、並びに俀国を敬い尊んでいる。そのため恒《つね》に通使が往来している」とあって、周辺国からも大国視されていたからだ。これに対し、隋は「タイヰ（大倭）国」と音の似た卑字を当てて倭国を「俀国《たいこく》」と呼んだのではないか。ちょうど「ヒミコ」に卑字を当てて「卑弥呼」と記したように。つまり、「俀国」とは、自らを「大倭国《たいゐこく》」という強国として主張した「倭国」を、隋朝側が「俀国《たいこく》」という卑字を用いて「弱い国」と表現したものだろう。

さらに時代を遡ってみると、『三国志』「魏志倭人伝」の中に、「倭人は帯方（ソウル付近）の東南海の中に住み、山島によって国邑（諸侯の封地）をつくる。もと百余国。漢の時（五七年）参内して天子に拝謁する者があり、今魏の時代、使者と通訳の通じている所が三十国ある」とある。「通ず」とは中国の天子の臣下であることを示す語であり、「今」、卑弥呼が三十国を支配し、その卑弥呼が魏の天子に朝貢することで、魏と倭人の三十ヶ国が「通じている」ことを意味している。また、『隋書』「俀国伝」には、「魏（二二〇年〜二六五年）より斉《せい》（四七九年〜五〇二年）・梁（五〇二年〜五五七年）に至り、代々中国と相通ず」とも記されている。

『三国志』「魏志倭人伝」と『隋書』「俀国伝」の資料だけからでも、漢の時代から梁の時代まで、倭国（俀国）が中国と「通じ」ていたことが類推される。したがって、今から九百年前頃漢朝に朝貢し、六百年以上前魏朝に朝貢した倭国は、三百年前の俀国と同じであり、卑弥呼が治めた国と多利思北孤の国とは同じ流れの下にあるのだろう。

魏の後を継いだ西晋が、建興四年（三一六年）に匈奴の劉曜《りゅうよう》によって滅ぼされてから、西晋の一族の司馬睿《しばえい》は都を南の建康《けんこう》（南京）に遷し、東晋を創立した。一方、西晋のあった黄河流域方面は、中国の北東・北西にいた蛮族が侵入し、入り乱れて建国した。これが「五胡十六国」時代だ。東晋以来、斉、梁、陳（五五七年〜五八九年）へと続く南朝に倭国（俀国）は臣下として「通じて」いたのだが、陳が北朝の隋によって滅ぼされ、中国全土が隋によって統一された後、それまで南朝の陳の臣下として「通じて」いた倭国の王多利思北孤《たりしほこ》は、敢然と北朝の隋に反旗を翻して「日出づる處の天子」を名乗ったのではないだろうか。

『隋書』「俀国伝」に記された俀国の使者によると、

「王の妻は雞彌《きみ》と号す。後宮に女六、七百人あり。太子を名づけて利歌弥多弗利《りかやたふり》となす」と記されている。

多利思北孤は明らかに男子であり、女帝である推古天皇（在位五九三年～六二八年）であるはずはなく、俀国王は俀国の第一権力者であるから、摂政である聖徳太子であるはずもない。太子の名は利歌弥多弗利という名なのだから、この太子が聖徳太子だとするのも難しい。このような別名を聖徳太子が持たれていたという記録はまったくない。

しかも、『隋書』「俀国伝」によれば、大業四年（六〇八年）（推古十六年）に、

「俀王は、小徳《しょうとく》（大和政権による冠位十二階では、第二位）阿輩臺《あはいだい》を遣わし、数百人を従え、儀仗を設け、太鼓と角笛を鳴らしてやって来て裴世清を迎えさせた。のち十日、また大礼《だいらい》（大和政権による冠位十二階では、第五位）哥多毗《かたひ》を遣わし、二百余騎を従え、町外れまで出迎えて客の裴世清をねぎらうことをさせた。すでにその都に至った。その王多利思北孤は、裴世清と互いに見《まみ》え、大いに喜んで言うことに、『私は、海西に大隋礼義の国があると聞いている。

だから使いを遣わして朝貢させた』」

と記されている。

多利思北孤が裴世清に直接面会している。裴世清が女性の推古天皇と男子の多利思北孤とを見間違えるはずはない。また、『紀』には阿輩臺や哥多毗という人物は登場しない。特に阿輩臺は位階が非常に高い人物なのだから、大和政権内部の人物であるならば、当然『紀』に記されているはずだ。

多利思北孤が推古十五年つまり大業三年（六〇七年）に使者を遣わして隋に朝貢したとき、『隋書』「俀国伝」には、

「使者が言うことに、わが国の王（多利思北孤）は『つぎのように聞いている。海西の菩薩天子（煬帝）は再び仏法を興すと。ゆえに使いを遣わして朝拝し、また、僧数十人を引き連れて、仏法を学ばせようと思う』と」

と記されている。

多利思北孤はこの時、仏教をわが国で盛んにしようとしていたのがわかる。一方、『紀』の方では、小野妹子と通訳の鞍作福利《くらつくりのふくり》を遣わしただけであり、明らかに使節団は別だ。しかも、わが国からの「国書」も持参したとは記されていない。小野妹子らはわが国を代表する使節ではなかったから、「国書」を持参できなかったのではないだろうか。

さらに、大業四年（六〇八年）の『随書』「俀国伝」の条には、

「また俀国の使者が隋の使者の裴世清に従ってやって来て、俀国の産物を献上した。この後、遂に国交が絶えた」

とある。

隋と俀国との国交が大業四年（六〇八年）に絶えたと記している。煬帝が「蠻夷の書、無礼なる者有り。復た以て聞する勿かれ」と言った事実が真実ならば、煬帝によって派遣された裴世清は俀国に敵情偵察にきたのであり、外交関係の流れから推察すれば、国交断絶というのが自然だろう。ところが、推古十六年（六〇八年）に国交が断絶したという記事は『紀』にはない。それどころか、推古十六年九月十一日に、裴世清を送り届けるため、再び小野妹子が中国に派遣され、翌年（六〇九年）に「大唐」から帰国したと記録されている。また、『紀』では、推古二十二年（六一四年）六月に、犬上君三田鍬《いぬかみのきみみたすき》・矢田部造《やたべのみやつこ》を「大唐」に派遣し、翌年九月にともに帰国している。とすれば、俀国と大和政権とは別だと考えざるをえないのだ。

さらに『隋書』「俀国伝」の記事には、

「阿蘇山がある。その山の石は、故無く噴火して空高く噴き上がり、人々は異常なこととして畏れ、禱祭《とうさい》を行う」

と記され、俀国の代表的風土として阿蘇山が挙げられている。だとすれば、「日出づる處の

天子」とは、大和政権内の推古天皇でも聖徳太子でもなく、九州に居し、隋と対等に外交を展開しようとした倭国王の多利思北孤なのだろう。このことを、官僚の前で講書することはできなかった。

天武天皇時代（六七二年～六八六年）の頃から元明天皇時代（七〇七年～七一五年）の頃まで、大和朝廷の指揮下にない別の正規軍の残党部隊とは、白村江の戦い（六六三年）で唐軍と新羅軍とに惨敗した倭国（俀国）の残党部隊のことだったのではないか。天武天皇が信濃国への遷都を構想したのは、倭国の正規軍の残党による脅威のためだったのだろう。濃い霧の中から数百年前のわが国の歴史が少しずつ浮かび上がってきた。

その三：倭国と日本国

高視《たかみ》たちの大伯父つまり私の伯父で、父のすぐ上の兄であった菅原善主《よしぬし》は、承和五年（八三八年）に遣唐判官《ほうがん》として入唐し、翌承和六年（八三九年）に帰国した。その滞在期間中に、長安にある唐王朝の書庫から、『唐書』の草稿より、わが国に関するものを借り受け、その記事を書写してきた。

「文章量は比較的少ないので、書写もそれほど大変ではなかった」

と伯父は私の父是善に語っていたそうだ。

その書写本が我が家に残っている。その書写本を、わたしは『紀』を講書するにあたり繰り返し読んだ。『唐書』の草稿本の中の「倭国伝」「日本伝」そして「百済伝」だった。倭国と日本国は別々に記述されていた。驚きもしたが、やはりそうだったかという思いが強かった。

その「倭国伝」は、「倭国は古の倭奴国《ゐどこく》である」という書き出しで始まっている。「倭国」と「倭奴国」が同じ国であることが示されている。

この「奴」とは何か。

後漢時代、中国の北方にあって後漢の光武帝を苦しめた民族がいた。中華思想に染まる後漢の人々は彼らを「匈奴《きょうど》」と呼んで恐れながら蔑視した。「匈」とは「騒ぐ、乱れる、悪い」という意味であり、「奴《ど》」とは相手を卑しんで呼ぶ卑字であり「蛮族」のことだ。

一方、中国では偏がなくとも偏がある漢字と同音・同義であることがよくある。例えば、『論語』の中の「学びて思はざれば則ち罔《くら》し」の「罔」は「網」と同じだ。同様に、「倭」と「委」は同義だ。ただし、中国では「倭」に関して「わ」という音はない。「わ」と読むようになったのはわが国においてであり、しかもこの二百年前頃からだろう。その「委《ゐ》」は「従順で慎みがある」という意味だから、「委奴《い(ゐ)ど》」とは「従順で慎みのある蛮族」ということになる。「騒ぎ、乱れ、悪い」「匈奴」と対照的に造語されたのだろう。したがって「倭奴国」とは「従順で慎みのある蛮族の国」であり、「倭国」のことなのだ。もちろん、『唐書』や『三国志』「魏志倭人伝」でいうところの「倭国」「倭人」は『隋書』でいうところの「俀国」や「俀人」と同じだ。

そんな倭国の地形について、『唐書』「倭国伝」では、

「倭国は古の倭奴国である。京師《けいし》長安を去ること一万四千里のところで、新羅の東南の大海中にある。山島に依りて居す。東西は五月行、南北は三月行。世々中国と通ず。その国、居するに城郭なく、木で柵を作り、草で家屋を作っている。四面に小島、五十余国がある。皆これに附属している」

と記されていた。

一方、『隋書』「俀国伝」では、

「俀国は百済・新羅の東南にある。水陸三千里。大海の中において山島に依りて居す。…その国境、東西五月行、南北三月行、各々海に至る」

と記されている。

あきらかに『唐書』「倭国伝」の倭国の地形についての記述は、『隋書』「俀国伝」を基礎にしている。その記述内容もほぼ同一だ。「東西」とはわが国の摂津国あたりから肥前国、場合によっては五島列島までだろうか。『隋書』「俀国伝」では「各々海に至る」とあってすべて海

に囲繞《いにょう》されているかのように記述されているのが気にはなる。しかし、隋の時代、中国にとって、大和国より東のことはもちろん今の蝦夷地方のことなどは、まったくといってよいほど不明だったのだから、やはり「東」は摂津国（大阪府・兵庫県）あたりまででよいのだろう。そのあたりまでが海に囲繞されていると認識されていたのだろう。「南北」とは対馬から琉球諸島までのことだろうか。

ところが、『唐書』「倭国伝」では、「四面に小島、五十余国がある。皆これに附属している」という一文が加わっている。これは何をいうのだろう。「皆これに附属している」と言うのだから、新たに加わった地をいっているのではなく、もともと含まれていたものの一部を際立たせた記述だ。この「四面に小島、五十余国がある」とは「九州」以外には考えられない。

現在の九州は壱岐・対馬を除けば確かに九国（筑前・筑後・豊前・豊後・日向・大隅・薩摩・肥前・肥後）からなっている。しかし、「四面に小島、五十余国がある」とはその九国のことをいっているのだろうか。

中国の周王朝以前では、「天子の直轄領」を「九州」といった。「聖天子禹《う》は、九州を分かつ」（『尚書』）。「禹の九州を序する、是なり」（『史記』）。伝説の聖天子禹が自らの直轄領を九つの州に分けて統治したという。

『三国志』「魏志一　武帝紀第一」には、「後漢末の建安十八年（二一三年）正月、後漢の献帝の詔勅により、全国十四州を九州とした」とあり、『後漢書』「帝紀九」には、「春正月、庚寅。兎貢《うこう》（兎）の九州に復帰した」とあるように、後漢末の建安十八年（二一三年）正月に、後漢の献帝は、中国初の聖天子の兎が天下を九州に分けて統治したのに合致するよう、十四州を九州に復帰したと記されている。

　すると、「九州」とは、天子の直接の統治領域をいうのだろう。したがって、日本における「九州」は中国の「九州」を真似てつけた、しかも、中国の「九州」に対抗して名づけたわが国の天子の直接の統治領域をいうことになるのではないか。この直接の統治領域こそ、『唐書』「倭国伝」が「四面に小島、五十余国あり、皆焉《こ》れに附属す」と特に際立たせた地域を指すのだろう。

　中国の「九州」に対抗してわが国の「九州」を名づけた人、私にはただ一人の天子しか思い浮かばない。そう、多利思北孤だ。彼は倭国の天子であり、隋の煬帝に、「日出づる處の天子、書を日没する處の天子に致す。恙無きや云々」という挑戦的な言辞を書き送った人物だ。

　一方、『唐書』「日本伝」では、

「また日本国からの使者は、その国界は東西南北、各々数千里。西界と南界は皆大海に至り、東界と北界は、大山があって限りをなしており、その大山の向こうは毛人の国であると言う」（「又云ふ、…なりと」）

と記されている。

西界・南界が大海に至るとは、西に黄海や東シナ海、南に黒潮の流れる大きな海に至るということだろう。東界と北界に大きな山があるとは、東に信濃国付近の大きな山々や不尽の山、そして北に丹波高地・野坂山地・伊吹山地などのことをいっているのだろう。そして「毛人」とは元来「東夷」から更に東にいる夷蛮のことをいうのであり、唐からみて「日本国」は東夷であり、さらにその東にいる夷蛮だから「毛人」と言うのだろう。だから、信濃国付近の大きな山々の東はすべて毛人の国なのだ。桓武天皇の時代、坂上田村麻呂らの率いる朝廷軍と果敢に戦った陸奥・出羽の人々が住んでいる地でもある。また上野国《こうずけのくに》（群馬県）や下野国《しもつけのくに》（栃木県）が上毛・下毛とも呼ばれるのもそのためだろう。つまり、『唐書』「日本伝」に記されたわが国の都は大和だったから、こうしたわが国の形状についての記述がなされたのだろう。しかも、その「日本伝」では、わが国の地形について「また日本国からの使者は、…と言う」（「又云ふ、…なりと」）と伝聞調で書かれている。中国側から見れば、不確かで確認されていないことを示している。

『唐書』「倭国伝」はさらに続けて、

「その王の姓《せい》は阿毎《あま》である。一大率《いちだいそつ》を置いて諸国を検察し、諸国は皆一大率を畏怖している。

…貞観五年（六三一年）に倭国はわが国に使者を遣わしてその地の産物を献上した。太宗は使者がやって来た道の遠きを不憫に思い、役所の長官に命じて毎年その地の産物を献上することを止めさせた。また新州（広東省新興県治）の長官である高表仁《こうひょうじん》を遣わし、天子が他国に遣いする者に旗（節《せつ》）を持たせて行かせ、労《ねぎら》わせた。表仁は、遠い地方を鎮め安定させる才能がなく、倭国の王子と礼を争い、太宗の命令を宣《の》べないで還ってきた」とあり、また、続けて、
「貞観二十二年（六四八年）に至り、また（倭国王は）新羅に託して、唐の太宗への上表文を奉り、以て起居を通ず」

とある。

唐の貞観五年（六三一年）当時の倭王の姓《せい》は阿毎であり、隋の文帝の開皇二十年（六〇〇年）に朝貢してきた俀国王の「阿毎」という姓と合致している。この「阿毎」氏を『紀』に当て嵌めれば、推古天皇（在位五九二年一二月〜六二八年）か舒明天皇（在位六二九年〜六四一年）のはずだが、そもそも天皇家には姓がないのだから、当て嵌まらない。

ところが、『紀』舒明二年（六三〇年）の条に、「秋八月の五日に、大仁犬上君三田耜《だいにんいぬかみのきみみたすき》、大仁薬師恵日《えにち》を大唐に遣わした」とあり、舒明天皇が犬上君三田耜・恵日らを唐に派遣したように読める。しかし、二人の使者の名は『唐書』の「日本伝」にも「倭国伝」にもない。したがって、舒明天皇が彼らを唐に派遣したという確かな証拠にはならない。しかし、唐の貞観五年（六三一年）当時、「倭国」の使者としてではなく、わが国の一地方政権である大和政権からの使者として派遣されたとすれば事実としてありうる。『唐書』はあくまで「正史」を記すから、当時

まだわが国の代表ではなかった大和政権の使者のことは記さないことがありうるからだ。

さらに、『唐書』「倭国伝」で、高表仁が貞観五年（六三一年）に「倭国の王子と礼を争い、太宗の命令を宣《の》べないで還ってきた」と記されている点が問題だ。大業四年（六〇八年）の『随書』「俀国伝」の記事には、「また俀国の使者が隋の使者の裴世清に従ってやって来て、俀国の産物を献上した。この後、遂に国交が絶えた」とあった。倭国は北朝系の隋のみならず唐とも極めて対立した関係にあったと言える。

ところが、『紀』によれば舒明四年（六三二年）八月に、

「唐の天子は高表仁を派遣して犬上君三田鍬を送らせた。一緒に対馬に船で停泊した。…冬十月の四日に、唐国の使者高表仁らが難波津に停泊した。そこで大伴連馬養《おおとものむらじうまかい》を遣わして川が難波津に合流するところで出迎えさせた。船三十艘に鼓・笛・旗幟《はた》でこまごまと飾り整えた。そうして高表仁らに告げて『唐の天子の命を受けた使者が天皇の朝廷を訪れたと聞いて、ここに出迎えるのである』と仰せられた。すると、高表仁はそれに応えて『風の寒い日に船を飾り整えて迎えてくださるとは、喜びでありますとともに恐縮に存じます』と申し上げた。そこで難波吉士小槻《なにわのきしおつき》・大河内直矢伏《おほしかふちのあたひやふし》に命じ、案内役として館の前まで先導させた。そこで伊岐史乙等《いきのふびとおつと》・難波吉士八牛《なにわのきしやつし》を遣わして、客たちを館の中に案内させた。その日に、神酒《みわ》を饗された」

とある。

また、舒明五年（六三三年）春正月の二十六日に、「大唐からの客である高表仁らが帰国した。送使の吉士雄摩呂《きしのをまろ》・黒麻呂《くろまろ》らは対馬に着くとそこから引き返した」

とある。

唐国の使者高表仁らに対する舒明天皇側の応接はまことに丁重であり、「王子と礼を争い、朝命を宣べずして還る」といった険悪な雰囲気はまったく感じられない。

しかも、『唐書』「倭国伝」では、高表仁と応接する相手は「王子」だった。舒明四年（六三二年）当時、中大兄皇子は皇子とはいえ、七歳であり、高表仁と「礼を争」うはずはなく、大和政権内で考えられる人物は、まず舒明天皇の第一皇子の古人大兄皇子《ふるひとのおおえのみこ》や聖徳太子の子の山背大兄王《やましろのおおえのみこ》だが、『紀』の「舒明紀」にはまったく登場しない。高表仁が応接した「王子」は姓を阿毎とする倭国王の皇子だったと考えると無理がない。高表仁は唐の貞観五年（六三一年）つまり舒明三年（六三一年）に「倭国」に赴いて外交上の失敗をし、翌年（六三二年）の八月、今度はわが国の一地方の政権である「大和政権」と接触して友好関係を築いたということだろう。この友好関係を築いた記事が『唐書』の「倭国伝」にも「日本伝」にもないのは、先に記したとおり当然だ。当時は大和政権はわが国の一地方政権に過ぎなかったからだ。

また、『唐書』「倭国伝」にあった、「貞観二十二年（六四八年）に至り、また新羅に託して、唐の太宗への上表文を奉り、以て起居を通ず」というのは、どういうことか。唐の太宗の貞観二十二年（六四八年）はわが国の大化四年にあたる。この年、孝徳天皇の大和政権が「新羅に託して、唐の太宗への上表文を奉じ」たという条は、『紀』の「孝徳紀」にはない。また、大和政権が敢えて新羅に託して唐の太宗への上表文を奉る必要も無い。大和政権と唐とは友好関係にあるのだから。したがって、この条は、大和政権ではなく、倭国が唐との外交修復を意図したことを示しているのだろう。

さて、この一文の後に「日本伝」が記されている。そこでは、「日本国は倭国とは別種である。その国は日の出づる所に近い地にあるため、日本をもって名としている。あるいは、倭国が自ら自国の名が雅《みやび》でないことを悪《にく》み、改名して日本としたと言う（「或は…日ふ」）。あるいは、日本は旧《もと》小国であったが、倭国の地を併合したと言う（「或は…云ふ」）」と書き出している。

日本国は倭国と別だという。倭国は、遙か昔から中国と行き来があり、卑弥呼や阿毎氏が統べてきたあの国のことだ。一時期「俀国《たいこく》」と呼ばれたこともあった。その倭国と別の国である日本国は、日の出づる所に近い地にあるので「日本」を国名にしたという。ところが、倭国が自ら従順で慎みのある国という意の「倭国」という国名が雅でないとしてか、「日本国」へと改名したともいう。また、もともと小国に過ぎなかった大和政権の「日本」が「倭国」を併合して、わが国を代表するようになったとも言っている。

「或は…日ふ」・「或は…云ふ」とあるが、その伝達者は、例えば大仁《だいにん》（大和政権による冠位十二階のうち、第三位）犬上君三田耜や大仁薬師恵日といった大和政権がまだ小国だったときの使者、あるいは大和政権が倭国を併合した後の遣唐使の使者たちだろう。

先の文章に続けて、

「日本国からやって来た者は、多く尊大で、歴史的事実（「実」）を踏まえて答えたりしない。だから、わが中国は使者の言うことを疑う（「中国焉《こ》れを疑う」）」

とある。

「日本国」からやって来た使者は尊大で、「実」つまり「歴史的事実」に基づいて中国側からの問いに答えていないというのだ。「日本国」からの使者たちは、わが国の歴史について『紀』に依拠して語ったはずだ。たとえこの『紀』がまだ完成される前だとしても、彼らは「日本国」を代表する使者として、「日本国」の正当性を訴えなければならない立場にあった。これに対し、中国側は、はるか昔から倭国が中国と関係を結んできたという歴史的事実を踏まえて対応する。したがって、日本国からの使者が、「日本国」がはるか昔から中国と関係を結んできたという事実がないのに、そうした事実があったかのように語るから、「中国焉《こ》れを疑う」ということになったのだろう。日本からの使者は、わが国の歴史が始まって以来、大和政権がそして天皇家がわが国の統治者であると主張し続けたのではないだろうか。

したがって、わが国は歴史の始原より大和政権が支配・統治しているという主張を完遂するためには、中国の歴史書の中に頻出する「倭国」の事柄をすべて大和政権に関連しているものとする必要があった。

だが、私は思う。中国・韓国《からくに》・天竺《てんじく》などの歴史で、古からずっと同一政権が支配し続けることがあり得るだろうかと。こうしたことがあるとすれば、「不思議な国」あるいは「神の国」ということになってしまうのではないか。「実」としての歴史的事実を直視しないとき、とんでもない事態が生じるのではないだろうか。

高視たちには繰り返して伝えておく。「虚」の部分が意図的に存在する歴史観はやがて全否定へと繋がる危険性がある。全否定も誤りだ。「虚」の部分を根本的に訂正する勇気と誠実さこそ、その国の建設的な未来を創り出すということを忘れないでほしい。

「自分たちは、以前存在した倭国を併合して日本国をつくった」

これを堂々と国の内外に宣言すればよいのだ。しかし、『紀』は天武朝の理想の歴史を語った。理想としての歴史を語るために事実を犠牲にしたと言うべきだろう。

ここで、はっきりさせておきたいことは、現在までのところ中国とわが国の国力の差はあまりに大きいから、中国側は中国のさまざまな王朝の歴史書に登場する倭国・日本国について虚偽を記したところで、中国にとって何の利益にもならないということだ。

もちろん、どこの国の歴史書も、自国のまた自分の王朝の歴史にとって不都合なことは記載しない、あるいは虚偽の記事を書くということは大いにありうる。この点で、中国の歴史書もまた例外ではない。中国の正史すべてを通じて、その思想的支柱は、あの『史記』「秦始皇本紀第六」に示されている。

「全世界はすべて皇帝の地であって、西はゴビ砂漠をこえ、南は北戸を尽くし、東は黄海が有り、北は蒙古の西北の大夏《たいか》を過ぎ、人跡のある所、皇帝の臣でない者はいない」

中国の天子は常に世界の支配者だという。この原則は、私が生きている現在まで変わってはいない。文章博士として大学での講書で用いた『史記』や『漢書』は漢の正史だが、漢は儒教を国教としていた。

儒教が中華思想をその根本においていることは周知のことだ。たとえば、『論語』の一節、「孔子様が言われた、『東夷・南蛮・西戎・北狄の君主は、わが中国で君主のいないのにも及ばない』と」(八佾《はちいつ》第三)

尊大とも不遜とも思える中華思想だ。この思想はいつか中国に油断を生み、没落の原因ともなりかねない。また、周辺諸国と紛争の種を生む原因にもなりかねない。

中華思想による歪曲はありうるが、少なくともこの延喜の世まで、中国の「正史」がわが国に関して偽りの歴史記述を敢えてする必要は無い。しかも、現在までの中国ではある王朝の「正史」はつぎの王朝の時代に書くというのを基本的な伝統としている。或る王朝が自らの王朝に関する歴史的資料として保存したものをつぎの王朝の史官が編輯し、天子の承認を得て、初めて前王朝の「正史」となるのだ。したがって、この点からも客観性が顕著だ。

ただし、今後も中国の歴史書は客観性を持つだろうと言っているのではない。わが国と中国の力の差が逆転する時代が来ることもありうるのであり、この場合、中国の史官が虚勢を張って自国に関する「虚偽」を記すかもしれないし、また、歴史的事実を無視して自国の利益を主張することもあり得るからだ。

もちろん、いままでの中国の正史の中には記述の正誤に関して注意を必要とする書もある。例えば、魏が西晋に「禅譲」して王朝の交代が生じた場合は、魏の歴史資料が良好な状態で保存されたが、西晋が呉を「討伐」して併合した場合は、呉の王朝の歴史資料が焼失する場合が多かった。だから西晋の歴史書である『晋書』に呉王朝の歴史資料は乏しく、ために、呉に関する出来事に関する記事がないからといって、その出来事はなかったとは断言できない。

また、中にはいい加減だと思われる正史もある。たとえば、『梁書』のようなものだ。これは、唐の太宗が命じて作らせたものだが、量も少なく、その多くの内容は『宋書』と『三国志』「魏志倭人伝」の焼き直しであり、しかも不正確に要約している。だから、一般にどうしてもその「正史」の客観性をまず吟味する必要があるとは思う。

中国の「正史」の成立事情とは対照的に、『紀』の成立事情はひどく異なっている。
『紀』編輯に関する記録は、天武十年（六八一年）三月十七日に、天武天皇が川島皇子《かわしまのみこ》らに「詔して、帝紀と上古の諸事を記録し確定なさった。大島、子首《こびと》が自ら筆をとって記録した」という条が、『紀』へと繋がる唯一のものだ。したがって、『紀』編輯の勅命を下したのは天武天皇以外には考えられない。編輯の主宰者は天武天皇の第三皇子である舎人《とねり》親王。養老四年（七二〇年）五月二十一日に『紀』を舎人親王が奏上したのは天武天皇の孫であり、草壁皇子と元明天皇のご息女であり、文武天皇の姉である元正天皇だった。だから、『紀』が天武朝の天武朝による天武朝のための「正史」であるのと、中国の「正史」の成立の仕方は、際立って異なっていると言えると思う。

さらに『唐書』「日本伝」はつぎのように続いている。

「長安三年（七〇三年）、日本国の大臣朝臣真人《あそんまひと》が入唐し日本国の産物を献上した。朝臣真人はちょうど中国の戸部尚書《こぶしょうしょ》（日本の民部卿にあたる）のようである。…真人は好んで経史を読み、詩文を作ることを解し、容姿は温雅である。則天武后は麟徳殿《りんとくでん》で酒宴を開いて朝臣真人をもてなし、司膳卿《しぜんきょう》を授け、本国に還らせた」

大臣朝臣真人とは粟田真人《あわたのまひと》のことであり、『続日本紀《しょくにほんぎ》』大宝元年（七〇一年）正月二十三日の条に、「粟田朝臣真人を遣唐執節使《けんとうしゅうせつし》とする」とあり、大宝二年（七〇二年）六月二十九日の条に、「遣唐使らが去年筑紫から出航したが、風浪が激しくて海を渡ることができなかった。この時になって漸く出航した」とある。しかも『続日本紀』の慶雲《きょううん》元年（七〇四年）七月一日の条には、「粟田朝臣真人らが唐国より帰国した」とあり、『唐書』「日本伝」の記事と『続日本紀』の記事が完全に合致している。

さらに、『続日本紀』の慶雲元年（七〇四年）七月一日の条には、「粟田朝臣真人らが唐に着いた時（七〇二年）、人がやって来て『何処からの使者か』と尋ねた。そこで答えて言うことに『日本国からの使者だ』と言う」

という一節が続いている。

「倭国」の使者ではなく、「日本国」の使者であることを中国の人に明言している。すると、日本国が正式に倭国を併合したのは大宝元年（七〇一年）のことだろう。年号の「大宝」とは「天子あるいは天皇」を意味し、日本国が正式に成立したことを宣言した年号ではないか。年号は独立した国が持つことができるものであり、「大宝」の年号からは途切れることなく現在まで年号が続いているのだから。「大化」「白雉」「朱鳥」などの年号は「大宝」以前にあったが、断続した年号であったことは、『紀』に明示されている。

『唐書』「日本伝」はさらに続けて、

「開元（玄宗皇帝時代の年号、七一三年〜七四一年）の初め、また使いを遣わして来朝してきた。使いはわが国の儒学者から経を授けられることを請願した。四門助教、趙玄黙《ちょうげんもく》に詔し、鴻《こう》臚寺《ろじ》においてに彼らに教えた。すると使いは玄黙にゆったりした幅の布を贈り、入門の進物の礼とした。その贈り物の目録に白亀元年（「白亀」という年号は日本にも中国にもない。日本の「霊亀元年」（七一五年）のことか）の調の布と記されていた。…日本国の使いはわが国から賜ったものを、ことごとく書籍を購入することに費やし、海に浮かんで還っていった。

その使節の一員であった阿倍仲麿《あべのなかまろ》は、中国の風を慕い、よって逗留して帰国しなかった。姓名を改めて朝衡《ちょうこう》となり、わが国の朝廷に仕えて左補闕《さほけつ》や儀王友《ぎおうゆう》を務めた。朝衡は、長安に留まること五十年、書籍を好み、仲麿を故郷に帰らせようとしたが、逗留して還らなかった」

と記している。

この時の使いについて、『続日本紀』霊亀二年（七一六年）八月二十日の条に、「従四位下多《た》治比真人《ぢひのまひと》県守《あがたもり》を遣唐押使《けんとうあふし》とする」とあり、つぎの年の養老元年（七一七年）三月九日の条に、「遣唐押使従四位下多治比真人県守に節刀を賜う」とあり、養老二年（七一八年）十月二十日の条に、「大宰府が報告することに、『遣唐使従四位下多治比真人県守が帰国しました』と」とある。したがって開元五年（七一七年）に多治比真人県守らが入唐したのだ。

この遣唐使は書籍を買い漁ったとあるが、このとき倭国と中国・韓国《からくに》との交渉史、あるいは中国・韓国のそれぞれの歴史、また中国の制度や文学に関する書物などを血眼になって買ったのではないだろうか。

なぜこうしたことを行ったか。

「日本国」は、歴史の始原より大和政権が支配・統治しているという主張を堅持するためには、中国の歴史書の中に頻出する倭国の事柄を、すべて大和政権に関連しているものとしなければならない。中国にある倭国に関する文献を買い漁り、これを『紀』の編輯の参考にしたかったのではないだろうか。

また、阿倍仲麿殿がこの遣唐使船に乗船していた。そのとき十九歳。吉備真備《きびのまきび》や玄昉《げんぼう》も同船していたとのことだ。仲麿殿は唐の「太学《たいがく》（皇帝が建てた大学）」で学び、科挙に合格した後、玄宗皇帝に仕え、主に文学畑の役職を務めた。仲麿殿は、開元十三年（七二五年）には司経局校書（正九品下）に、開元十六年（七二八年）には左拾遺（従八品上）に、開元十九年（七三一年）には左補闕（従七位上）に、開元二十二年（七三四年）には儀王友（従五品下）に、天宝十一年（七五二年）には衛尉少卿（従四品上）に、天宝十二年（七五三年）には秘書監兼衛尉卿（従三品）に任じられた。

「日本伝」はさらに続けて、「天宝十二年（七五三年）、また使を遣わして貢す」と記している。

この遣唐使は、藤原清河《ふじわらのきよかわ》・大伴《おおともの》古麻呂《こまろ》・吉備真備らの使節のことで、仲麿殿を日本に帰国させることが目的の一つだった。同年、秘書監兼衛尉卿（従三品）に任じられた直後、帰国を企図した仲麿殿は、清河殿と同じ船で帰国の途に就いたが、難破してしまった。「日本伝」はさらに続けて、「上元中（七六〇年～七六一年）、朝衡（仲麿）を抜擢して左散騎常侍（従三品）・鎮南都護に任じた」と記している。

　天宝十二年（七五三年）に船が難破して安南（ベトナム）に漂着した後、再び中国で官途に就き、抜擢されて、上元年間（七六〇年～七六一年）から唐の支配下にあったベトナムの「都護」（「都督」と同じ。地方の軍政を統括する軍司令官）に任命されたと記されている。

　唐の朝廷内に高官として、しかも文学畑の役職を長く務めた仲麿殿は、杜甫や李白と面識があったであろうし、倭国と日本国とに関する『唐書』の歴史的資料を検証するようにも依頼されたはずだ。「入朝する者、多く自ら矜大、実を以て対へず。故に中国焉《こ》れを疑う〔日本国からやって来た者は、多く尊大で、歴史的事実を踏まえて答えたりしない。だから、わが中国は使者の言うことを疑う〕」とした点などは、間違いなく阿倍仲麿殿によって誤りがないか検証されたに違いない。「倭国」と「日本国」が別に記されていることについても間違いがないか、仲麿殿による検証を経ているはずだ。日本国の学生として入唐した仲麿殿は、「日本国」は歴史の始原より大和政権が支配・統治しているという主張を堅持する立場に置かれていたにも拘わらず、事実の尊厳に忠実だったのだ。倭国と日本国とはもと別国であり、倭国は日本国に併合されたのだと断じたのだ。

仲麿殿がわが国に帰国しようとされた際、中国の明州というところで歌ったとされる、

あまの原ふりさけみれば春日なる　三笠の山にいでし月かも

については、後（第五章　その一：三笠山）で書き記そう。

『唐書』の「日本伝」はさらに、

「貞元二十年（八〇四年）、〈日本は〉使者を遣わして来朝した。学生橘逸勢《たちばなのはやなり》、学問僧空海が逗留した。元和元年（八〇六年）、日本の国使判官高階真人《たかしなのまひと》がわが朝廷に申し上げることに、『かの学生たちは技芸と学問を幾分修めることができ、帰国することを願っております。そこで私と一緒に帰国させてください』と請願した。この請願を受け容れた。開成四年（八三九年）、また使者を遣わして朝貢した」

と記している。

高視よ、延暦二十三年（八〇四年）の遣唐使船には、おまえの曾祖父である清公《きよとも》も乗船していた。また、唐の「開成四年（八三九年）、また使を遣わして朝貢した」という記事は、おまえの大伯父である菅原善主《よしぬし》が入唐したことを記している。わが国の承和六年（八三九年）に、長安にある唐王朝の書庫から、『唐書』（後の『旧唐書《くとうじょ》』）の「倭国伝」「日本伝」や「百済伝」となる草稿を借り受け、その記事を書写してきた伯父にとっては感動的な記事だったはずだ。『唐書』「日本伝」の草稿に自分たちのことが記されていたのだから。

それにしても、「倭国」と「日本国」とが、わが国において別の国として存在したということを事実として受け入れるのに、私は大変な時間を必要とした。

その四：邪馬壹国と邪馬臺国

私の祖父清公は、延暦二十一年（八〇二年）に遣唐判官《ほうがん》に任命され、わが国の延暦二十三年、唐の貞元二十年（八〇四年）七月に海を渡り、最澄、空海、橘逸勢《たちばなのはやなり》らとともに入唐し、翌延暦二十四年（八〇五年）七月に帰朝したが、その航海の体験を、おまえの祖父、是善に繰り返し話したという。四隻の遣唐使船のうち清公は最澄とともに第二船に乗船していたが、第三船・第四船は肥前国松浦郡田浦から出発してまもなく難破するという大変な航海であったという。そんな話の中で、

「『三国志』「魏志倭人伝」に、〈現在の釜山付近の倭国の一部である〉狗邪韓国《くやかんこく》からはじめて一つの海を渡って千余里で対海国（対馬国）に至る。さらに南に航海して千余里で一大国（壱岐）に至ると記されているが、どう思案しても、狗邪韓国と対馬の間、そして対馬と壱岐の間は千余里もなかった。唐里で千余里（一里は約四五〇メートルくらい）では、狗邪韓国と対馬の間そ

して壱岐と対馬の間が、それぞれ実際より遙かに離れていること（四五〇kmほど）になる。本当はその六分の一くらいではなかったか」

とよく語っていたそうだ。

また、高視の大伯父善主も、

「対馬と壱岐の間は唐里で千余里もなかったよ。もっとずっと近かった」

とまだ五・六歳の子どもだった私によく話してくれた。その伯父も私が八歳の時、亡くなってしまったのだが。

唐の時代の前期にまとめられた『翰苑《かんえん》』という書物がある。これは対句に関する練習用の幼学書として、唐の張楚金《ちょうそきん》が撰し、雍公叡《ようこうえい》が注したものだが、現在は、そのうちの巻三十の「蕃夷部《ばんいぶ》」と叙文のみが、なぜかわが菅原家に残されている。清公か善主かが書写したものだろう。その中に新羅の古老から聞いた話が採集されている。その一つに、任那《みまな》の国は、実際にあったのかという話がある。

古老は、

「任那は新羅の南七、八百里のところにあったが、新羅に併合された」

と語っている。

『紀』によれば、欽明二十三年（五六二年）の一月に、「新羅が任那の官家《みやけ》を討ち滅ぼした」

とあるから、この出来事をいっているのだろう。この場合、「新羅」とは、新羅の都の慶州のことを指すから、慶州から南に唐里で南七、八百里（約三一五㎞〜三六〇㎞）といえば、ここ九州あるいは九州の西の海に任那があったことになる。やはり、この場合は唐里の六分の一の「里」で慶州の南七、八百里（約五〇㎞〜六〇㎞）のところに任那があったと考えないとおかしい。

これらのことから、私には思い当たることがあった。周時代の天文数学書『周髀算経《しゅうひさんけい》』も一里は秦や前漢、後漢、唐の一里の単位と異なり、その六分の一（一里約七五メートル）で書かれている。そして、倭国が朝貢していた魏や西晋は、周の里単位に復帰するという立場を取り、それにもとづき『三国志』も書かれたのではなかったか、と。

『紀』の崇神《すじん》六十五年（紀元前三三年）七月の条に、「任那（韓地南部の倭地）は筑紫国を去ること二千余里、北に海を阻てて鶏林《しらき》（新羅）の西南に在り」とあるが、この記述は『三国志』の里単位と同じだ。というのも、『三国志』「魏志倭人伝」に記された狗邪韓国《くやかんこく》（現在の釜山付近の倭国の一部）─対海国（対馬国）─一大国（壱岐）─末盧国の距離は、迂回路で三千里余だが、直線ならば任那─筑紫国の間はほぼ二千余里であり、「魏志倭人伝」と崇神六十五年の記事の里の単位が同じと考えられるからだ。『紀』の一部にも唐の里単位と異なる魏の里単位が使われていた。だが、『紀』におけるこの「里」の使用は、『紀』の編輯者が参考にした歴史書をそのまま引用し、そこでの里と唐里との違いに気づかなかったからではないだろうか。

「魏志倭人伝」によれば、つぎのように邪馬壹国《やまいちこく》までの里程が示されている。

全行程は「帯方郡より女王国に至る、万二千余里」と書かれているが、帯方郡庁（現在のソウル付近）から女王国である邪馬壹国《やまいちこく》に至るのに、総行程一万二千余里（魏の里程では約九〇〇㎞）ということだろう。唐の里程では、遙か遠く（約五四〇〇㎞）になってしまう。帯方郡庁から韓地を経過するまでに七千余里であり、さらに、海を渡りはじめて五千余里で邪馬壱国に到達するという。このうち、後者の五千余里のうち、千余里の航海が三回だ。

一　狗邪韓国より始めて一海を度《わた》る、千余里。対海国（対馬国。特に対馬の南部の上島《かみのしま》である下県郡《しもあがたぐん》）に至る。

二　又、南、一海を渡る千余里、…一大国（一支国《いきこく》）（壱岐）に至る。

三　又、一海を渡る千余里、末盧国《まつろこく》に至る。

魏の里単位（一里は七五メートルくらい）による千里は、唐里では一七〇里弱（七五㎞くらい）だ。すると、対海国（対馬国）から一大国（壱岐）は唐里で一七〇里弱となり、実際の距離に近いはずだ。

その後、末盧国に到着し、「〈末盧国から〉東南陸行五百里にして、伊都国《いとこく》に至る」

したがって、海を渡りはじめてここまで、三千五百里。

つぎに、「東南奴国《なこく》に至る」とあり、伊都国から奴国まで百里だが、ここでは「行」が記されていない。したがって、この距離は女王国までの道程に入ってはいないはずだ。というのも、『三国志』においては、「魏志倭人伝」以外の記述においても陸路を行く場合、「行」がないときには目的地への道程に算入されておらず、寄り道した場合の里程だからだ。

そして、伊都国から不弥国《ふみこく》まで「東行不弥国に至ること、百里」と記されている。

したがって、海を渡りはじめて五千余里のうち三千六百里は明らかになったが、残る千四百余里が一見不明だ。しかし、対海国（対馬国）は「方四百余里」とあり、また、一大国（壱岐）は「方三百里」とある。

対海国（対馬国）は北側の下島《しものしま》と南側の上島に分かれており、この全体の地形を「方（四角形）」とするには無理がある。というのも、対馬国全体の地形は細長いからだ。「魏志倭人伝」では、南側の上島（下県郡）のことを「対海国（対馬国）」といっているのだろう。下島と上島の間には、陸地が鋭く幾重にも海に突き出た浅茅湾《あそうわん》があり、昔から良港として知られており、大陸からあるいは倭国から互いに行き来する際、この浅茅湾を利用したからだ。対海国（対馬国）の上島（下県郡）の「方四百余里」と一大国（壱岐）の「方三百里」、これら以外には五千余里に関係する里数はない。

ところで、「魏志倭人伝」中、対馬に関して、「土地は山が険しく、深い林が多く、道路は獣や鹿の通り道のようだ」とあり、また壱岐についても、「竹木や叢林が多い。三千ばかりの家がある。少し田地があるが、田を耕作しても、やはり自給するには不十分だ」とあるのだから、島内を歩いて進んだ形跡があり、対馬の方四百里（一辺が四〇〇里の四角形）のうち、その二辺を島内半周して歩いたとすれば八百里、壱岐の方三百里（一辺が三〇〇里の四角形）のうち、その二辺を島内半周して歩いたとすれば六百里となり、この二つの歩いた距離を加算すれば千四百里となる。この千四百里を先の三千六百里に加算すれば、海を渡りはじめて五千里で不弥国に到達することになる。魏の劉徽《りゅうき》（二二〇年頃～二八〇年頃）が著した『海島算経《かんとうさんけい》』は、中国史上初めて海上の島の形を計測する方法を明らかにした書であり、この書に基づいて『三国志』「魏志倭人伝」に、島の面積が初めて記されたのだろう。

そして、帯方郡庁から女王国までの一万二千里は不弥国で終了しているのだから、不弥国と女王国は境を接しているため、両者間の距離が記されていないことがはっきりする。なお、余里の「余」は若干の距離と理解してよいのだろう。

今までの里程を整理すると、

一　帯方郡庁（ソウル）―狗邪韓国（釜山）（水行と陸行）…七千里（五二五㎞くらい）

二　狗邪韓国―対海国（水行）…一千里（七五㎞くらい）

三　対海国（方四百余里）（陸行・島を半周する）…八百里（六〇㎞くらい）

四　対海国（対馬）―一大国（壱岐）（水行）…一千里（七五㎞くらい）
五　一大国（方三百里）（陸行・島を半周する）…六百里（四五㎞くらい）
六　一大国―末盧国（水行）…一千里（七五㎞くらい）
七　末盧国―伊都国（陸行）…五百里（三七・五㎞くらい）（末盧国から邪馬壱国は陸路）
八　伊都国から東南、奴国に至る…百里（七・五㎞くらい）。ただし、この百里は女王国までの道程に入っていない。
九　伊都国―不弥国（陸行）…百里（七・五㎞くらい）
十　〈不弥国に接して〉南、邪馬壱国に至る。　計、一万二千里

では、「女王の都する所。水行十日、陸行一月」の「水行十日、陸行一月」とはなんだろう。帯方郡の郡庁から邪馬壱国に至るのに一万二千余里であり、不弥国は女王の都する邪馬壱国に接しているのだから、これ以上行く必要はない。だから、この「水行十日、陸行一月」は帯方郡の郡庁から邪馬壱国に至る一万二千余里を日程で言い換えたものだろう。

「陸行一月」は倭国内での陸行のみならず、大部分は韓地内での陸行を含んでいる。「韓国《からくに》を歴《へ》て（つぎつぎと通り）乍《たちま》ち南し、乍《たちま》ち東し」という表記が端的にその陸行を示している。「乍ち○し乍ち○し」とは、小刻みに○と○を繰り返すことをいう。船での航行ではこうした進み方はできない。

『三国志』に限らず、中国の歴史書に記された行程や日程は、単なる旅行記の一部ではない。明確に戦略上の事柄を記載していると考える必要がある。いざというとき、その現地まで軍隊を派遣するのに必要なのだ。したがって、これらの行程や日程はいい加減なものであるはずがない。

帯方郡の建中校尉の梯儁《ていしゅん》は、魏の明帝の詔書（景初三年〈二三八年〉十二月成立の詔書）と印綬を携えて倭国に至り、卑弥呼に面会した。また、帯方郡の国境守備の軍司令官をいう塞曹掾《さいそうえん》史《し》であった魏の張政《ちょうせい》は、邪馬壱国と狗奴国《くぬこく》の争いの調停のため、魏の正始八年（二四七年）から二十年間倭国に滞在し、壱与の使節団一行とともに泰始二年（二六六年）帯方郡に帰った。このことは『三国志』「魏志倭人伝」と『晋書』「倭人伝」に明記されている。だとすれば、倭人伝の行路記事は、梯儁や張政による軍事報告書に依拠すると考えるのが無理のない理解ではないか。信憑性は高い。

さらに、「魏志倭人伝」によれば、正始八年（二四七年）「卑弥呼が死に大いに冢《ちょう》を作る。その直径は百餘歩である」とあるが、『海島算経』に「里法、三百歩」とあるとおり、一里は三百歩であり、一里が三百歩に当たることは、周・秦・漢・魏・西晋・東晋・隋・唐とも変化がないのだから、卑弥呼の冢の直径は魏の一里（約七五㍍）の三分の一（約二五㍍）ということになる。この百歩が唐の百歩だとすれば、魏の百歩の六倍（約、一五〇㍍くらい）ということになり、卑弥呼の墓の大きさはもはや「冢」とは言えず、「墳《ふん》」と言えるだろうし、直径がそれほど大きい円墳を、大和国で私は見たことがない。卑弥呼の墓の大きさと形については右のように考えると適切なのではないだろうか。

『三国志』の中では「冢」と「墳」とははっきり分けられている。『三国志』「諸葛孔明伝《しょかつこうめいでん》」には、「自分が死んだら墳は造ってくれるな。定軍山を墳に見立ててくれ。その一角に冢を作ってほしい。それも棺が入る程度でよい。この遺言に従って孔明を葬った」

とある。

卑弥呼の墓も冢であって、墳ではない。まして、長方形部分を増築して車塚（後に「前方後円墳」と呼ばれる墓）にしたのならば、魏の張政ははっきり報告書にそう記したはずだ。「魏志倭人伝」中に、一般に人が「死ぬと、棺に収められるが、石で作った外箱の槨《かく》はなく、土を積んで冢を作る」とあるが、卑弥呼の墓も倭国の一般人のそれと基本的には変わらなかったのだろう。

以上のこと、とりわけ「一里」の距離を踏まえると、邪馬壹国の位置は九州北部ということになるだろう。もしかすると、私が今謫居している太宰府南館からやや亥《い》の方（西北西）の地ではないか。いずれにしても、卑弥呼という女王がいらっしゃったところ、そこは大和国ではない。

では、私が謫居しているこの筑紫の地になぜ卑弥呼の冢がないのか。このことについては後（第二章　その六：卑弥呼は誰に比定されているか）で書き記すつもりだ。

ところで、『三国志』では「邪馬台国」や「邪馬臺国」とは記されていない。例外なく「邪《や》馬《ま》壹《いち（ゐ）》国《こく》」だ。これが非常に気になった。というのも、文章道において『後漢書』は教科書ともいうべき書物だが、その『後漢書』では一例だけだが、「邪馬臺国」と記されているからだ。私たち文章道に属す学者たちは、官僚たちを前にして、「臺」を「台」と書き換え、さらに「臺」「台」を「ト」と読んで、結局「邪馬臺」「邪馬台」を「ヤマト」と読むことにしている。しかし、「臺」にも「台」にも音読みで「ト」という読み方は実はないのだ。文章道では、なぜこんな無理をしてきたのだろう。この意図は明白なことのように思われる。歴史の始原より大和《やまと》政権がわが国を統治しているという主張を堅持するためなのだ。

それにしても問題なのは、『後漢書』では一例だけだとしても、なぜ「邪馬壹国」が「邪馬臺国」と記されているのかということだ。

本来、「臺」も「台」も「土を盛って築いた物見台、高い建物、転じて物を載せる台」の意だ。そこから「天子のいる宮殿とその直属官庁」の意で使われるようになった。『三国志』に出てくる「臺」も、例えば魏国の「臺に赴いて、男女の奴隷三十人を献上し…」という「魏志倭人伝」の一節が物語るように、「天子とその直属官庁」のことを指している。では、「邪馬壹国」

を「邪馬臺国」と書き換えた意図は何なのか。

まず、「邪馬」は和語の「ヤマ（山）」に、中国側が卑字「邪」と「馬」を当てた結果だろう。「匈奴」や「倭奴国」がそうだったように。「卑弥呼」の「卑」も同様に卑字だ。卑字は周辺の蛮族に対する中華思想の表われと考えれば、それなりに了解できる。

では、なぜ「山」なのか。

左遷の時からずっと私たちの面倒をみてくれている門弟でもある味酒安行《うまさけのやすゆき》が筑紫国を巡って戻ってきたとき、私が筑紫国全体の風景を尋ねると、

「博多湾から眺めますと、平地は本当に平らで海面からそう高くはないのですが、南に向かって低い山が連なっているように見え、南に向かって開けている平安の都とは違って、その山々の間に博多をはじめ太宰府などがあるという感じです。比叡山ほどの山も二、三あります。三笠山《みかさやま》、雷山《らいざん》、井原山《いわらやま》で、しかも、ともに比叡山と同じくらいの高さです」

と語っていた。まさに筑紫は「山」に囲まれた国なのだろう。

では『後漢書』を編輯した范曄《はんよう》は、なぜわざわざ「邪馬壹国」を「邪馬臺国」と書き換えたのか。

『後漢書』に出てくる「臺」は全部で一二二例あり、詳細な検証は省くが、「邪馬臺国」の一例を除く一二一例は、すべて「ダイ」と読ませている。ということは、「邪馬臺国」も「ヤマ

タイコク」ではなく「ヤマダイコク」と読むのが穏当だろう。そうすると、「邪馬臺国（ヤマダイコク）」は「山の多い地に天子の居する宮殿とその直属官庁のある国」という意味になる。しかし、「邪馬臺国」の「邪馬」は卑字、「臺」は佳字ということになり、実に矛盾した国名になる。范曄はなぜこんな奇妙な命名をしたのだろうか。

天子が、自分の血統に関係なく、帝位を天命を受けたと考えられる人物に移譲する禅譲によって、魏の後を継いだ西晋が、建興四年（三一六年）に匈奴の劉曜《りゅうよう》によって滅ぼされてから、西晋の一族の司馬睿《しばえい》は都を南の建康（南京）に遷し、東晋を創立した。一方、西晋があった黄河流域方面は、中国の北東・北西にいた蛮族が侵入し、入り乱れて建国した。この時代が五胡十六国時代（三〇四年〜四三九年）だ。こうした国々はそれぞれが「臺（天子のいる宮殿とその直属官庁）」を建設した。四世紀初めから四世紀末までに夷蛮《いばん》の国に多くの「臺」が誕生したと、『晋書』（東晋に関する正史）に記されている。

范曄は今から五百年前頃の人（三九八年〜四四五年）であり、『三国志』の著者である陳寿《ちんじゅ》より後の時代の人物であり、范曄の生きた時代は陳寿の時代と大きく変わっていた。当時、「臺」は多くの国に存在したのだ。『後漢書』は、五世紀前半に書かれた正史だ。だから、范曄にとっては、「邪馬壹国」を「邪馬臺国」と記すことに何の抵抗もなかったのだろう。

一方、「邪馬壹国」の「邪馬」は「ヤマ（山）」のことでよいと思うが、なぜ「邪馬壹国」なのか。

「壹」は「一」、「専一」という意味だ。「壹」は「天子に対する二心のない忠誠心」の意味で『三国志』では肯定すべき良い意味で多く用いられている。魏・呉・蜀の三国の争った時代の正史だから、逆に「貳心《にしん》」「二心」は「天子に対する逆心」を意味し、憎悪すべき言葉だったのだろう。

「親魏倭王卑弥呼に詔を下す。帯方郡の太守である劉夏《りゅうか》が使者をつけて汝の大夫の難升米《なんしめ》、副使の都市牛利《といちごり》を護衛し、汝の献上物、男の奴隷四人、女の奴隷六人、班布《はんぷ》二匹二丈を奉じてやって来た。汝は遙か遠い土地におるにもかかわらず、使者を送って献上物をよこした。これこそ汝の忠孝の情の表れであり、私は汝の衷情に心を動かされた。いま汝を親魏倭王となし、金印紫綬を仮授するが、その印綬は封印して帯方郡の太守に託し、私に代わって仮授させる。…」という「魏志倭人伝」の一節は、魏の天子への卑弥呼による「貳（二）心のない専一なる忠誠心」に感激した明帝が述べた言葉だ。中国の天子にとって、遙か遠い夷蛮の国より使者を派遣して朝貢してくることは「遠夷朝貢《えんいちょうこう》」といって、天子の徳を天下に知らしめる最高の機会だったのだ。だから、恐らく「ヤマ（山）国からやって参りました」と言上したであろう難升米らの国に「壹」を加えて「邪馬壹国」と命名したのだろう。

九州北部に位置する「邪馬壹国《やまいち(ゐ)こく》」は「ヤマト（大和）」とは別の国だった。

その五：倭の五王

『紀』と『宋書』を比較・検討する機会があった。

『宋書』「倭国伝」には、倭国の連続する五王である讃《さん》・珍《ちん》・済《せい》・興《こう》・武《ぶ》が、建康《けんこう》（南京）に都を置く宋（四二〇年～四七九年）つまり南朝劉宋《りゅうそう》に朝貢したことが記されている。

『宋書』の著者である沈約《ちんやく》（生没年？～五一三年）は宋（南朝劉宋）で既に尚書度支郎《しょうしよたくしろう》を務めていた官僚であり、後に梁（五〇二年～五五七年）に仕えたとき『宋書』を編輯した。したがって『宋書』は同時代資料としてきわめて正確な歴史資料だ。その『宋書』によれば、倭の五王とは誰か。

文章道に携わる者の間では、武《ぶ》は雄略天皇のことだというのが大勢を占めている。そこで、まず、武を取り上げる。『宋書』には「倭国伝」とは別に「帝紀」中に九箇所の倭国記事があり、その第七、八、九番目にはつぎのように書かれている。

第七：大明《だいめい》六年（四六二年）三月、孝武帝のとき：「倭国王の継嗣である興を安東将軍に任じた」

第八：昇明《しょうめい》元年（四七七年）、順帝のとき：「冬十一月、倭国、使いを遣わしてその地方の産物を献上した」

第九：昇明二年（四七八年）、順帝のとき：「五月、倭国王の武が使いを遣わしてその地方の産物を献上した。武を安東将軍に任じた」

素直に読んでいけば、第八の昇明元年（四七七年）にその地方の産物を献上した倭王とは、武ではなく、興だ。武を昇明元年（四七七年）に遡らせて倭王とし、産物を献じた倭王とするのは不自然だ。第八には、武が明記されておらず、第九ではじめて登場するからだ。

武の即位年は昇明元年（四七七年）以前に遡らないのであり、この年の十一月以降に即位したと考えるべきだ。すると、雄略天皇の在位は『紀』によれば雄略元年（四五六年）から雄略二十三年（四七九年）なのだから、武の即位年と雄略天皇の即位年が合わないことが判明する。

また、『梁書』（梁《五〇二年〜五五七年》も南朝に属す）「武帝紀」によれば、「天監元年（五〇二年）武帝のとき、鎮東将軍倭王武を進めて征東将軍と号せしむ」とあり、さらに、『梁書』「倭国伝」にも、「高祖が即位し、武を進めて征東将軍と号せしむ」とある。雄略天皇は雄略二十三年（四七九年）に没しているのだから、これらの記事と矛盾する。

さらに、『宋書』「倭国伝」に記された倭王武の上表文には「海を渡って海北（韓地）を平らげること九十五国」とあるが、『紀』では韓地を示す場合、「海西」あるいは「西蕃《せいばん》の諸国」と記している。武が九州にいたと考えれば、韓地は北に位置し、辻褄が合う。

つぎに五王は連続しているから、雄略天皇が第二十一代であるとすれば、第十七代の履中天皇が讃《さん》にあたり、第十八代の反正天皇が珍《ちん》、第十九代の允恭《いんぎょう》天皇が済《せい》、第二十代の安康天皇が興《こう》にあたることになる。本当だろうか。

『紀』によれば、履中天皇から雄略天皇までの系図は

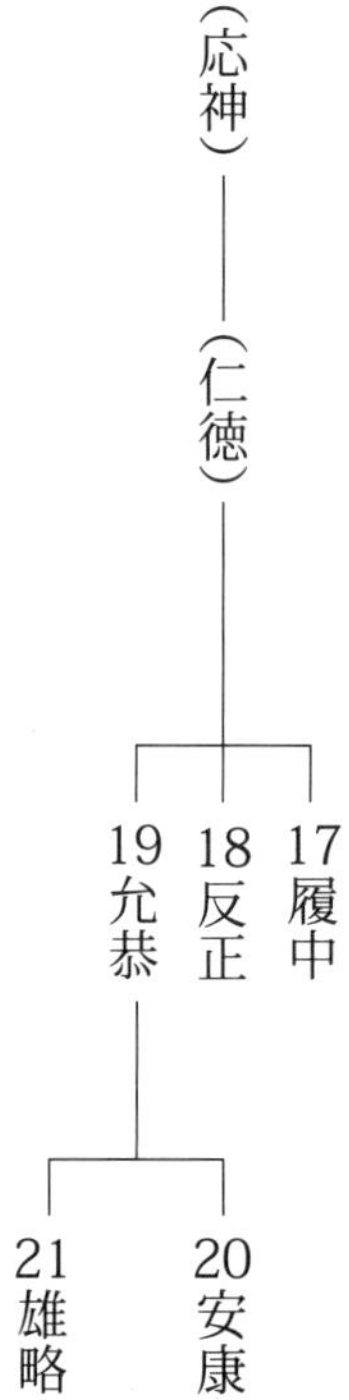

となっている。これに対し、『宋書』「倭国伝」では、

となっていて、珍と済の関係が記されていない。だから、

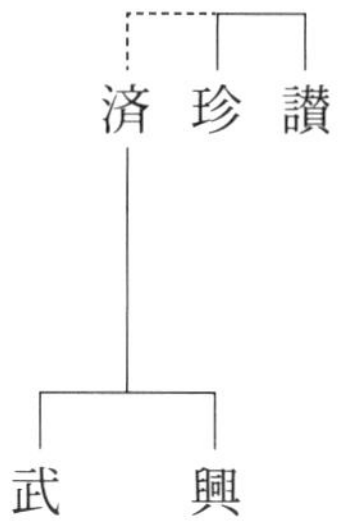

と想定すれば、『紀』の系図と完全に一致する。しかし、今度は別の問題が生じる。

『晋書』によれば、「安帝の義熙《ぎき》九年（四一三年）讃がその地方の産物を献上した」とある。『宋書』「倭国伝」には、「元嘉《げんか》二年（四二五年）讃が、また司馬曹達《しばそうたつ》を遣わして、上表文を奉り、その地方の産物を献上した」とある。すると、少なくとも義熙九年（四一三年）から元嘉二年（四二五年）までの十三年以上、讃は在位していたことになる。また、『宋書』「文帝紀」には、「元嘉十五年（四三八年）夏四月、倭国王珍を安東将軍に任じた」とあって、讃・珍の在位は少なくとも義熙九年（四一三年）から元嘉十五年（四三八年）の二十六年間となるが、履中・反正の在位は履中元年（四〇〇年）から反正六年（四一一年）までの十一年に過ぎず、その時期も年数も合わない。そこで、文章道では、「倭国王珍を安東将軍に任じた」といった蛮夷の

王に授号の知らせが届くのに、時期がずれることもあると説明してきたが、『宋書』「夷蛮伝」には、少帝（四二三年～四二四年在位）のとき貢献してきた吐谷渾王《とよくこんおう》の阿犲《あさい》に対し、文帝（四二四年～四五三年在位）が授号しようとしたところ、阿犲が既に亡くなっていたので、弟の慕潰《ぼかい》が即位するのを待って授号したときちんと記録されているのだから、この説も説得力がない。

しかも、讃を履中天皇の一代前の仁徳天皇としても、珍は讃の弟であり、履中天皇は仁徳天皇の子だから、これもおかしい。結局、こうした矛盾は倭の五王を大和政権内部の天皇に当て嵌めようとするから生じるのだろう。

以上、おもに在位年や在位期間のずれ、また、倭の五王とこれに対応する天皇との系図上のずれから、倭の五王を大和政権内部の天皇に当て嵌めようとする無理について記した。

その上、倭王武の上表文からも、その「無理」を指摘できる。

上表文の中で、倭王武は南朝の宋の順帝に対し、自らを二度にわたって「臣」と表現している。このことは、順帝が居する建康（南京）を世界の中心として上表文は綴られていることを意味している。だから、『宋書』においては「夷」とは宋の都（建康）からみて「東の蛮人」をいうのであり、したがって「西の衆夷」とは、宋の都から見れば、あくまで東の蛮人ではあるが、わが国での位置関係から見れば「西にいる蛮人」を意味するはずだ。ここでの「西にいる蛮人」とは、おもに倭国の中心にいる人々つまり九州人をいうことになる。

したがって、「東」の毛人とは、九州の蛮人から見てさらに東にいる蛮人、具体的には山陰道・山陽道の西半分くらい、そして四国にいる蛮人ということになるだろう。九州が六十六国であり、毛人の国が五十五国なのだから。「毛人」とは、本来「夷」（東の蛮人）よりさらに東にいる蛮人のことをいう。もし、大和政権を「西の衆夷」とすれば、「毛人」の国は信濃国以東の国々ということになるが、しかし、この場合、山陰道・山陽道の西半分くらいと、そして何よりも九州が欠落することになってしまう。

先（第二章　その三：「倭国と日本国」）に『唐書』「日本伝」では、「また日本国からの使者は、その国界は東西南北、各々数千里。西界と南界は皆大海に至り、東界と北界は、大山があって限りをなしており、その大山の向こうは毛人の国であると言う」と記されていたが、倭王武の上表文と『唐書』「日本伝」とでは、東夷の中心が異なっているために、「毛人の国」も異なってくる。

「海北」もここ九州を基点に考えれば、なんの不思議もない。まさに韓国《からくに》（韓地）は北にある。倭王武の上表文の中で「海北を平ぐること九十五国」とあるが、倭王武の時代、倭国は高句麗と激戦を繰り返していて韓地の奥深くにまで倭地があったことも事実だったのだろう。

さらに倭王武の上表文の中には、

「臣下である私の父済《せい》は、まことに高句麗の仇を為す来寇が、天子（宋の順帝）の領地である楽浪郡・帯方郡への道を遮りとどめているのを心から憤り、弓を引く兵士百万を率い、天子の正義の声に感じ、ちょうど大挙して出発しようとしたとき、不慮の事故で父と兄である済と興《こう》をともに失うこととなりました。そのため、すでに完成しようとしていた高句麗遠征の功も、成功寸前のところで挫折することになりました」

と記されている。

武の父済と兄興とが不慮の事故で同時に亡くなったという。武が雄略天皇だとすれば、父済と兄興は允恭・安康天皇に相当することになるのだが、このお二人の天皇が不慮の事故で同時に亡くなったという記事は『紀』にはない。允恭天皇は允恭四十二年（四五三年）に崩御され、安康天皇は安康三年（四五六年）に殺されてしまわれた。

いずれにしても、倭の五王は大和天皇家の天皇ではない。

その六：卑弥呼は誰に比定されているか

先ほど（第二章　その三：倭国と日本国）、私は、わが国は歴史の始原より大和政権が支配・統治しているという主張を完遂するためには、中国や韓国の歴史書の中に頻出する「倭国」の事柄をすべて大和政権に関連しているものとする必要があったと記した。そして先ほど倭の五王に関して『紀』の記述に無理があることを指摘した。

こんな無理が他にも『紀』に存在するのだろうか。

まず、和銅五年（七一二年）正月二十八日に太安万侶《おおのやすまろ》という人物によって元明天皇に奉呈されたと噂される『古事記』という書物。私は、この書物の一部について人伝てに聞いたことはあるけれど、この書物を読んだことがない。しかし、『万葉集』の或る歌〈後の巻一、八九、九〇〉の左注に『古事記』が記載されているのだから、その存在は間違いがないだろう。

だが、もし本当に和銅五年（七一二年）正月二十八日に太安万侶によって元明天皇に奉呈されたとするならば、この件について『続日本紀《しょくにほんぎ》』の和銅五年（七一二年）正月二十八日の条に明記されてあるはずだが、記されていない。一方、同書『続日本紀』の養老四年（七二〇年）五月二十一日の条には、「一品《いっぽん》の舎人《とねり》親王は、勅をうけて『日本書紀』の編輯に従っていたが、このたびそれが完成し、紀三十巻と系図一巻を奏上した」と明記されている。つまり、『古事記』（以下『記』と記す）が公的には存在しないとされていると言えるだろう。

『記』が公的には存在しないとされ、私たち文章道の学者さえ読む機会がない理由について、私は、思いを巡らさざるを得なかった。『記』を直接読んだことがないのだから、確たる根拠があるわけではないが、『隋書』「俀国伝」と『唐書』「倭国伝」・「日本伝」、そして『紀』とを対照しながら読めば、『記』に中国や韓国との交渉記事が存在しないからではないかと推察された。中国や韓国の歴史書の中に頻出する倭国の事柄が大和政権と関係していないことが判明すれば、わが国は歴史の始原より大和政権が支配しているという主張と辻褄が合わなくなってしまうことになる。

では、大和政権は、倭国と大陸との交渉の記録、つまり中国や韓国の歴史書を、どのようにして知り得、この資料を『紀』の中に生かしたのだろうか。

大和政権にとって最初の歴史書である『記』が存在したとして、それが完成したとされる年の八年後の養老四年（七二〇年）に『紀』が完成したのだから、中国や韓国の歴史書が、養老四年（七二〇年）以前に派遣された遣隋使や遣唐使の使節によってもたらされたはずだ。ただし遣隋使が本当に大和政権によって派遣されたかは非常に疑わしいことはすでに記した。そして、中国語や朝鮮語に通じた当時最高の碩学《せきがく》たちにより細部にわたって検討され、大和政権の歴史と矛盾なきようそれらの歴史書の記事を当て嵌めていった、あるいは、中国や韓国の歴史書の記事と矛盾しないよう、大和政権の歴史を創作したのではなかったか。

『紀』が完成する養老四年（七二〇年）までに派遣された遣隋使と遣唐使は、『紀』と『続日本紀』による限り、天智八年（六六九年）までに計十回。つぎは三十年以上の時間が空き、大宝元年（七〇一年）と霊亀二年（七一六年）の二回のみだ。これらの遣隋使、遣唐使の中で天智八年

（六六九年）以前の使節によって大陸との交渉の記録を持ち帰っているならば、『記』にこそ、その記録が反映されているはずだ。しかし、そうした記録を持ち帰れなかったからこそ、『記』に大陸との交渉の記録が反映されておらず、そのため『記』は公的に葬り去られたのではなかったか。とすれば、大宝元年（七〇一年）と霊亀二年（七一六年）の遣唐使こそ、倭国と大陸との交渉を示す中国や韓国の歴史書を大量に持ち帰った使節ではないか。この使節によってもたらされた資料が『紀』に生かされたのだろう。

『紀』「天武紀」にある、天武十年（六八一年）三月十七日に天武天皇が「帝紀と上古の諸事を記し定めしめたまふ」という詔が、まずは『記』編輯のきっかけになりながらも、後に「倭国」が大陸と頻繁に関わっている事実やその記録が多くあることを知り、これらの事実とその記録を近畿天皇家の歴史に取り込むことをしない限り、天武朝の「理想」の歴史を語れなくなったことを知ったのだろう。

『唐書』「日本伝」中に、長安三年（七〇三年）にやって来た「真人《まひと》は好んで経史を読み、詩文を作ることを解し、容姿は温雅である。則天武后は麟徳殿《りんとくでん》で酒宴を開いて朝臣真人をもてなし、司膳卿《しぜんきょう》を授け、本国に還らせた」と記されていた。

この遣唐使の使節が倭国と大陸との交渉を示す資料を本当にわが国にもたらしたかは、長安三年の条からだけでは不明瞭だが、もたらしたとすれば、『記』を根本から書き改める契機になったことだろう。

さらに、同じく『唐書』「日本伝」に、

「開元（玄宗皇帝時代の年号、七一三年～七四一年）の初め、また使いを遣わして来朝してきた。…日本国の使いはわが国から賜ったものを、ことごとく書籍を購入することに費やし、海に浮かんで還っていった」とあることも、以前書き記した。

この時の遣唐使は、ほぼ確実に倭国と大陸との交渉の資料をわが国に持ち帰ったと考えられるが、この場合、帰国が養老二年（七一八年）なので、慌ただしい編輯作業になったであろうと想像される。その二年後に『紀』は完成したのだから。

『紀』の中には、先に記したが、崇神六十五年（紀元前三三年）七月の条「任那（韓地南部の倭地）は筑紫国を去ること二千余里、北に海を阻てて鶏林《しらき》（新羅）の西南に在り」のように、『紀』の編輯者が、参考にした歴史書をそのまま引用し、そこでの里と唐里との違いに気づかなかった例があったように、どうしてこんな単純な間違いをするのかと疑問を抱かせる記事もあるので、遣唐使の持ち帰った歴史資料を慌てて活用したこともあっただろう。

また、以前（第二章　その一：天武天皇の信濃国遷都構想）に書き記したが、以下の『続日本紀』の記事も注目に値する。

〈元明天皇〉和銅元年（七〇八年）正月の条：「（大赦の詔の中で）戸籍を脱して山や湿地に

亡命し、大和政権によって禁じられている禁書をしまい隠して百日を経っても自首しない者は、本来のように罰する」

〈元正天皇〉養老元年（七一七年）十一月十七日の条：「戸籍を脱して山や湿地に亡命し、禁じられている兵器を隠し持って、百日を経っても自首しない者は、本来のように罰する」

和銅元年（七〇八年）の詔では禁書を差し出すよう求めていたが、養老元年（七一七年）の条にはそれがない。禁書が大和朝廷側の手に入ったということだろう。この禁書は倭国の歴史書や歌集をいうのだろう。この禁書を利用するのに時間に余裕はなかったが、それでも三年以上十二年の時間があった。倭国の歴史書や歌集などを大和朝廷にとって利あるように『紀』に利用したことだろう。また、後（第四章『万葉集』を読む）で記すが、倭国の歌集を『万葉集』にも利用したことだろう。したがって、中国から倭国と中国・韓国との交渉の記録をわが国に持ち帰り、また、倭国の歴史書や歌集などを倭国から奪取することにより、その歴史や文化を日本国のそれとして『紀』や『万葉集』の中に取り入れていったことだろう。

だから、『紀』中、歴史的に辻褄の合わない無理はたくさん出てくる。こうした点を踏まえた上で、卑弥呼は『紀』の中では誰に比定されているのかを記そうと思う。

「景初二年（二三八年）六月、倭の女王は、大夫難升米《なしめ》等を帯方郡に派遣し、魏の天子に詣《もう》でて朝献することを求めた」という「魏志倭人伝」の条を、『紀』では景初三年（二三九年）に「倭の女王は大夫難斗米等を派遣し、帯方郡に至って、天子に詣でて朝献することを求めた」と記すのみで、「倭の女王」が誰であるかを明記していない。

また『紀』では「魏志に、正始四年（二四三年）に、倭王はまた使者の大夫伊声者《いせいしや》（『魏志』「倭人伝」では伊声耆《いせいき》）・掖邪約《ややく》（『魏志』「倭人伝」では掖邪狗《えきやく》）等八人を遣わして上献したという」と記している。この「倭王」がだれであるかも明記していないだけでなく、「という」と記して、伝聞調になっている。大和政権が魏に使者を派遣したとすれば、伝聞調で記す必要はないはずなのに。

『魏志』「倭人伝」の末尾には、

「壹与は、倭の大夫率善《そつぜん》中郎将掖邪狗《えきやく》等二十人を遣わして張政《ちょうせい》等を送りて還らせた。よって臺《だい》（天子の居する宮殿とその直属官庁）に至り、男女の奴隷三十人を献上し、白珠五千孔、青大句珠《こうしゅ》二枚、異文《いもん》雑錦二十匹を献上した」とある。

しかし、この「倭人伝」には壹与による朝貢の年が明記されていない。何故か。魏は咸熙《かんき》二年（二六五年）十二月に滅亡した。したがって、『魏志』を記す以上、陳寿は律儀にも西晋（晋）時代（二六六年）になってからのことを『魏志』「倭人伝」に記すのを断念したからなのだ。その結果、壹与の使節団とともに張政が泰始二年（二六六年）に帯方郡に帰ったことは、直後の正史『晋書』「倭人伝」に明記されることになった。

そして、このことを『紀』では、つぎのように記している。「この年（神功皇后六十六年〈二六六年〉）は、晋（西晋）の武帝の泰初二年である。晋の起居注（中国で、天子の言行、勲功を記した日記体の記録）には、『武帝の泰初二年十月に倭の女王が、幾種類もの通訳を重ねて貢献させた』という」と。

ここでも「倭の女王」がだれであるかを明記していない。しかも、「という」と記して伝聞調になっている。

『紀』によれば、仲哀天皇二年（一九三年）気長足姫尊《おきながたらしひめのみこと》を立てて皇后とされたとある。気長足姫尊とは後の神功皇后《じんぐうこうごう》のことだ。そして仲哀天皇九年（二〇〇年）二月に仲哀天皇が崩御されたあと、神功皇后は摂政を六十九年間された後、神功皇后六十九年（二六九年）四月に崩御された。享年百一歳だったという。この摂政時代（二〇一年〜二六九年）が、『三国志』「魏志倭人伝」に出てくる卑弥呼と壹与の時代に重なることになる。これはあり得ないことだろう。神功皇后が卑弥呼であり同時に壹与であるはずがない。だから、『紀』では「倭の女王」「倭王」が誰かを明示しないままにしたのだろう。

また、先（第二章　その四：邪馬壹国と邪馬臺国）に疑問点として挙げておいた、なぜ私が謫居しているこの筑紫の地に卑弥呼の冢《ちょう》がないのかという点についても、その理由が解明できるのではないだろうか。

味酒安行《うまさけのやすゆき》が筑紫国を巡る際、私は、

「卑弥呼の冢《ちょう》に関して多くの人に尋ねてみてください」

と依頼していたので、

「卑弥呼の冢に関して何かわかりましたか」

と安行に尋ねてみたが、

「特には聞き及びませんでした。卑弥呼という名前さえ、私が会ったすべての人は知りませんでした」

と安行は答えた。

白村江の戦いでの倭国の敗戦（六六三年）以降倭国が衰退し、大宝年号が開始され日本国が正式に成立した年（七〇一年）の間に、魏の正始八年（二四七年）に造られ倭国を象徴し四百年以上もの間人々から敬愛され大切に守られてきたはずの卑弥呼の冢は、大和朝廷軍によって破壊された可能性が高い。なぜなら、「倭国」が存在した証拠が残されていることは「日本国」にとって許容できないことだったからだ。または、倭国の人々が、卑弥呼の冢を大和朝廷軍に破壊されるよりはむしろ、自らの手で鄭重に破壊し、しかも冢に納められていた貴重な物はどこかに隠した可能性もある。この時以来、倭国の民は卑弥呼について後世に伝承することを意図的に止めた可能性も大きい。もう二百年以上も昔のことだ。いずれにしても、その結果、卑弥呼の冢はわが国のどこを探しても発見できないということになった。ただ、卑弥呼が魏の明帝から仮授された「親魏倭王」の金印はどこかで見つかるかもしれない。卑弥呼が大和の人であり、卑弥呼の冢が大和にあったならば、その冢は今でも大切に保存され、「親魏倭王」の金印は今もなおその冢の中に大切に保存されているか、あるいは正倉院の宝物殿などに収められているはずではないだろうか。

文章道の間では倭迹迹日百襲姫命《やまとととひももそびめのみこと》を卑弥呼だとする見解もあるようだ。この見解を『紀』の編者たちはさすがに採用しない。採用していれば、神功皇后があたかも卑弥呼や壹与であるかのような書き方はしないからだ。倭迹迹日百襲姫命を卑弥呼だとする見解は、『紀』が編纂されて後、正史として学ばれるようになり、また、一部の学者に「魏志倭人伝」が知られるようになってから、神功皇后以外で比定できる女性を求めて生じてきた見解だろう。神功皇后が卑弥呼であり同時に壹与でもあるという「無理」に直面して、なんとかして卑弥呼を大和天皇家の祖先に取り込むことによって、天照大神以来、一貫してわが国を統べてきたのは大和政権だと考えたかったのだろう。

『紀』中、倭迹迹日百襲姫命は神憑《かみがか》りによる神意を崇神天皇《すじんてんのう》に伝達する者として登場している。ちょうど「魏志倭人伝」中で「鬼道に事《つか》え」た卑弥呼と男王との「彦姫制」の政治体制に共通するものがあると考えるからららしい。しかし、これもありえない。なぜなら、「魏志倭人伝」

に見られる彦姫制とは、姉と弟などのキョウダイ（姉弟）による政治体制であって、しかも、卑弥呼は女王だ。一方、倭迹迹日百襲姫命は崇神天皇の大叔母であるにすぎず、女王でもないからだ。

『隋書』「俀国伝《たいこく》」の開皇二十年（六〇〇年）の記事にも、

文帝は、役所の長官を通して倭国の風俗を尋ねさせた。すると、倭国からの使者はつぎのように答えた。「倭王は天を兄とし、日を弟としている。天が未だ明けない時、兄は出でて神のお告げを聞き、両足を組んで坐り、日が出るとすぐに政務の処理を停《とど》め、兄はつぎのように言うのです。『わが弟に委ねよう』と」

とある。

邪馬壹国の流れを汲む倭国の政治体制についてキョウダイ統治の、ここでは兄弟統治の在り方を伝えている。こうした統治体制は天皇家にはない。

さらに、倭迹迹日百襲姫命が神憑りによる神意を崇神天皇に伝達する記事は崇神七年（紀元前九一年）であって、卑弥呼と時間的に三百年以上の隔たりがある。どう考えても『紀』を素直に読む限り、倭迹迹日百襲姫命を卑弥呼に比定することは時間的にも不可能だ。『紀』中、どう思案しても、卑弥呼は大和政権内部の誰にも比定され得ない。

では、卑弥呼は誰なのか。

『築後風土記』につぎのような一節がある。

「築後国はもとは筑前国と合わせて一国であった。昔、この両国の間にある山に険しく狭い坂があって、行き来する人が乗る馬の、鞍の下に敷く布が擦り切れることがよくあった。…この国境《くにざかい》の山の上に荒々しい神がいて、行き来する人の半分は通行できたが、半分は命を失う有様だった。死亡する人の数はとても多かった。したがって、その神を人命尽《いのちつくし》の神と呼んだ。ある時、筑紫君と肥君らが、占いによって筑紫君の祖先である甕依姫《みかよりひめ》を巫女として人命尽の神を祀らせたところ、それ以降行き来する人でその人命尽の神に襲われる人はなくなった」

卑弥呼は筑前（福岡県北部）の人であり、「鬼道に事《つか》え、能《よ》く衆を惑わす」（『魏志』「倭人伝」）巫女であり、女王だった。しかも卑弥呼の「呼」は音読みで「カ」とも読み、卑弥呼を「ヒミカ」と呼ぶ可能性は高い。また、「甕《みか》」は御神酒を入れる瓶のことであり、「依」とは「神が依り憑く」という意味であるから、卑弥呼は別名甕依姫《みかよりひめ》だと考えることもできるだろう。ただ唯一の典拠であるため、推測の域を出ないのだ。

第三章　糾《あざな》える縄の如く

私は貞観十二年（八七〇年）三月に方略試を受験して合格した。位階も正六位上《しょうろくいじょう》となった。翌年（八七一年）の正月には玄蕃助《げんばのすけ》に、三月には少内記に任じられた。玄蕃助は一時的なものだった。少内記は文章道を学ぶ者にとっては適任の職務だった。しかし、多忙を極めた。

貞観十五年（八七三年）に、父是善は、祖父清公《きよとも》の死去に伴い、五条坊門小路と西洞院《にしのとおいん》通とが交わるところから巽《たつみ》（南東）に位置する、後に「白梅殿」と呼ばれる居宅に移った。ここは清公が住んでいたところで、昔、私塾もここにあった。是善は四男だったため居宅を相続しないで、これまで大内裏の東で一条通と二条通の中ほどのところ、中御門《なかみかど》大路と東洞院《ひがしのとおいん》通の交わるところから戌《いぬ》（西北西）に位置するところに菅原院と菅家廊下を設けていたのだが、これを私が引き継ぐことになった。

菅原院で私は勉強したり、来客と応対することになった。隣接した対《たい》の屋《や》に高視たちの母親である宣来子《のぶきこ》を右京の岳父の邸（島田忠臣邸）から呼び寄せた。このとき私は二十九歳になっていたが、十五歳と十歳で結婚し、しかも別居状態が長かったせいか、まだ子どもに恵まれていなかった。年末に引っ越しをした頃、参議を務める父是善から正月の除目で昇叙があると聞かされた。翌、貞観十六年（八七四年）正月には従五位下に叙された。五位に昇ることを叙爵《じょしゃく》といい、下級貴族の末席に連なることになった。

正月の十五日に兵部少輔《ひょうぶしょうふ》に任命されたが、一ヶ月後の二月二十九日には民部少輔《みんぶしょうふ》に任命された。民部省も多忙を極めるところだが、戸籍や賦役、また山川、橋梁、田図《でんず》を管理して民と土地を掌握し、直属の主計寮や主税寮を通じて、中央・地方の財政と租税を司る重要な役所だ。すでにこの頃には班田収授などの令を規定通りに実施することが難しくなっていたこともあり、いかに国の財政を立て直すかという問題に直面していた。民部省での経験はその後の私の職務にとって非常に参考になった。

国の財政をいかに立て直すかが焦眉の急であったこの頃、貞観・元慶・仁和年間（八五九年〜八八八年）には多くの天災が起こり、政情不安も続いた。

貞観六年（八六四年）六月、不尽の山（富士山）が大爆発した。

貞観九年（八六七年）正月、豊後国の鶴見岳《つるみだけ》が大爆発した。

同年（八六七年）五月、阿蘇山が爆発した。

貞観十一年（八六九年）五月二十六日、陸奥国《むつのくに》で大地震と大津波があった。

この大地震と大津波を受けて、同年十月十三日、清和帝はつぎのように詔した。

「報告に由れば、陸奥国境で地震が最も甚だしく、あるいは海水がにわかに溢れて災となり、あるいは砦や家屋が頻りに潰れて災を引き起こしたという。民に何の罪があって、このような災難に遭うのか。暗然として恥じ怖れ、その責めは深く朕にある（「責《せめ》深く予《われ》に在り」）。今使者を派遣して、温かな恵みを広くゆきわたるようにする。…」

と。

同年（八六九年）、肥後国が大水害に襲われた時には、清和帝はつぎのように詔した。

「報告によれば、肥後国で激しい雨が降って暴風雨となり、朕の不徳のため災となって、田園では流れが滞り、そのため村里は破壊尽くされたということだ。…大宰府は、災害を被ることの最も甚だしい者たちに稲穀四千石を遍く給い、努めて慰め恵み、生業を失わせることがないようにせよ。また、壊れた垣根と破壊された家の下のあらゆる死体や散乱した骨は、早く収容し埋葬して地に晒され露出することのないようにせよ」

と。

また、貞観十三年（八七一年）四月、鳥海山《ちょうかいさん》が噴火した。

貞観十六年（八七四年）七月には、開聞神《ひらききのかみ》（開聞岳）が噴火した。

しかし、こうした天災だけではなく、政情不安も続いた。

貞観八年（八六六年）の閏《うるう》三月十日の夜には、応天門と東西の楼閣が火炎に包まれ焼け落ちた。応天門の全焼の後、大納言伴善男《とものよしお》殿とその子右衛門佐《うえもんのすけ》伴中庸《とものなかつね》殿が配流された。当初は、右大臣であった藤原良相《ふじわらのよしみ》殿と大納言伴善男殿とがこの放火の犯人は左大臣 源 信《みなもとのまこと》殿ではないかという嫌疑をかけたため、藤原良相殿も源氏の諸卿からの怨恨のため失脚し、また左大臣源信殿も自ら身をお引きなされたので、結局左右の大臣は空席となってしまった。この事件の結果、残留した大納言 平 高棟《たいらのたかむね》殿と権大納言藤 原 氏宗《ふじわらのうじむね》殿はともに良房殿の養子である基経殿の義理の兄であり、ここに太政大臣良房殿の独裁体制が確立したのだった。

時の帝であられた清和天皇は、十七歳の年、応天門の変での良房殿の強引で独善的なやり方に嫌気がさされたか、政務から退き、実質的に良房殿に政務を総覧させなさった。良房殿は実質的な摂政になった。応天門の変のみならず、貞観年間のうち続く天災地異により、帝は政務から退きたいとの意向を強くお示しなされたようだ。災異の「責めは深く朕にある」と、責任を一身に負うかのようにして、帝は仏門に入ることを望まれた。貞観十八年(八七六年)には、清和帝は第一皇子である九歳の貞明《さだあきら》親王(後の陽成《ようぜい》天皇)に譲位された。時に帝二十七歳であった。二年半後の元慶三年(八七九年)五月には出家されて仏門に入り、翌、元慶四年(八八〇年)三月には丹波国水尾の地に入って絶食を伴う激しい苦行をなされた。しかし、水尾を隠棲の地と定め新たに寺を建立中に、都の右京にある源 融《とおる》殿の別邸で病を発し、その年の十二月に崩御されたのだった。この時、三十一歳でいらした。

前後するが、貞観十四年（八七二年）九月、摂政であり太政大臣であった良房殿が薨《こう》じられたが、すかさず良房殿の長兄である長良《ながら》殿の子息で、良房殿の養子になっていた基経殿が、右大臣となった。この時、基経殿は三十七歳。私より九歳年上だった。基経殿の子息である時平殿は二歳だった。この頃から基経殿・時平殿と私は、あたかも糾《あざな》える縄の如くに絡み合いながらそれぞれの運命を生きることになったように思われる。

貞観十六年（八七四年）二月に私が民部少輔に任命された頃には、天災や政情不安もあって、班田収授などの令を規定通りに実施することがいかに難しくなっていたかがわかるだろう。いやそれ以上に、いかに国の財政を立て直すかという深刻な問題に直面していたかがわかるだろう。清和帝は苦悩なされていたのだ。

貞観十九年（八七七年）正月、式部少輔に任命された。式部省は文官の勤務評定、位階・官職に任ずる選叙、位階・官職に任命する文書の作成、大学の管理などを職務としている。さらに、同年（改元して元慶元年）十月には文章博士も兼ねた。

それまで文章博士は巨勢文雄殿と都良香殿とが務めていたが、巨勢文雄殿が左少弁に転出されたため、私が文章博士の任に就いたのだ。しかも、都良香殿は体調が思わしくなく、元慶三年（八七九年）二月に亡くなられたため、私は、菅家廊下の先輩である橘広相殿が元慶八年に文章博士になるまで一人で文章博士を務めることになった。

天災はさらに続いた。

陽成帝の元慶二年（八七八年）九月二十九日には、東国で大地震があり、特に相模・武蔵は被害が甚大だった。多くの人が死んだ。

さらに仁和三年（八八七年）七月三十日には畿内で地震があった。特に都も摂津国も地震による被害が甚大で津波による溺死者も多かった。

ここに記した災異はわずか二十四年の間に起きたことだ。

それにともない政情不安が続いた。元慶二年（八七八年）三月二十日、出羽国守がつぎのように上奏した。

「〈陸奥・出羽の蝦夷のうち朝廷の支配下に入った者たちを俘囚《ふしゆう》といい、このうち隷属の程度の低い〉夷俘《いふ》が反乱し、今月十五日秋田の城並びに郡役所の屋舎、城の周辺の民家を焼き損う。よって鎮兵を出して防守したり、諸郡の軍を徴発した」

続けて、同年（八七八年）四月四日、出羽国守が再びつぎのように上奏した。

「秋田郡の城壁で囲まれた町の官舎民家が凶賊のために焼亡せられた様は、去る三月十七日に上奏した。その後、権掾《ごんのじよう》正六位上小野朝臣春泉《をののあそんはるづみ》、文室真人有房《ふむやのまひとありふさ》等に精兵を授け派遣した。城に入って合戦すると、蛮族は日に日に加わり、多勢と無勢となった。城北郡南の公私の舎宅は皆悉く焼残し、蛮族が人を殺したり捕虜とすること、数え切れないほどであった。この国の武器は多く彼の城にあった。城がすべて燃え尽き、一つの武器も取れなかった。そればかりでなく、去年は作物が実らず民は飢え疲弊し、兵士を徴発して出兵させるに、まったく勇敢な者はいなかった。隣国の援兵の力と合わせて蛮族を襲撃し征伐することを、冀《こいねが》う」

出羽で夷俘が反乱を起こし、鎮圧に苦戦した。藤原北家の私兵まで投入されたが、鎮めるまでに半年がかかった。これを「元慶の乱」という。都では疫病が蔓延し、各地で飢饉が起こった。

元慶七年（八八三年）になった正月十一日、私は式部少輔と文章博士に加えて、加賀権守《かがのごんのかみ》に任ぜられた。この時、「遙かに加賀国の権守を兼任させせられたことを喜ぶ」という詩を詠じ、その詩の左注に、「私は先に式部少輔と文章博士という二官に任じられたことを大変有難く思い、重ねて加賀権守を兼ねたことを恩澤極まりなく感じ、読書階級の人々の栄えと致します」と記した。

この年、渤海《ぼっかい》大使裴頲《はいてい》が加賀国に来航したので、臨時に治部大輔（外務次官）にもなり、裴頲殿たちを接待した。職務に関しては、この時までは順風満帆と言ってよかった。

順風満帆と感じていた矢先、不幸にも子どもたちが二人病に倒れて亡くなってしまった。このとき、私は三十九歳、長男の高視《たかみ》は九歳だった。次男と三男が旅立ったのだ。あまりに早い幼子の死だった。

この年（元慶七年）の三年前の元慶四年（八八〇年）八月には、高視たちの祖父是善が亡くなった。是善の死去に伴い、今度は高視たちも私も家族全員でこの白梅殿で生活するようになったのだ。この屋敷の中に菅家廊下を移しもした。貞観十八年（八七五年）に長男高視が生まれてから後、ここ白梅殿で多くの子どもに恵まれ、宣来子も私も家庭人としては、何気ない日々の生活の中にも楽しく充実した時を見いだすことができたのだ。しかし、突然の次男、三男の死によって私も宣来子も何もする気が起こらなかった。職務に専念する気持ちにもなれなかった。門下生の指導にあたる気力も失くしてしまった。

こんな時、私と宣来子を救ってくれたのは、高視たちだった。

「父ぎみ、麻呂《まろ》たちは、父ぎみや母ぎみがしょんぼりされているのが悲しい。どうしたらお元気になってくださいますか。麻呂たちが静かにしていたらよいですか」

「そうではない。おまえたちが元気に跳びまわっていてくれた方が元気が出そうだ」

と返事をしたものの、私は亡き幼子たちが屋敷の中や菅家廊下で時に走りまわり、また漢籍を読んだり、諳誦《あんしょう》したりしていたのをいつの間にか思い出しては気分が塞いでしまっていた。この屋敷と菅家廊下には亡き幼子たちの思い出がたくさん詰まっていた。

すると、何を察したのか、高視たちはまるで燕の雛が親に餌をせがむように、

「父ぎみ、お家の様子を変えましょう。菅家廊下も門下生たちにとって狭いでしょう。麻呂たちも邪魔にならぬように、遊んだり勉強をいたします」と言ったのだ。

そうか、雰囲気を変え、気分を変える。けっして亡き幼子たちを忘れるためではない。私や妻が塞ぎ込んでいては、子供たちや弟子たちにとっても、また、職務の上でもよくない。亡き幼子たちも、そうすることをきっと喜んでくれるだろう。門下生たちもますます増え、当時の菅家廊下では本当に狭くなっていた。

幸い、この屋敷の北に、東西に走る五条坊門小路を挟んで、紅梅で美しい屋敷があった。老朽化している家屋で人も住んでいなかった。早速その土地を購入し、その家屋も改修し、紅梅のある庭園はそのまま残し、これを取り囲むように長い廊下を設けた。これを菅家廊下として門下生たちの学問の修業の場としたのだ。後に、紅梅の美しいその屋敷を「紅梅殿《こうばいでん》」と呼び、白梅のある従来の屋敷を「白梅殿《はくばいでん》」と呼ぶようになった。私たち家族の屋敷はそのままであり、菅家廊下が移った分、従来の菅家廊下を書庫とした。ゆったりとした雰囲気の中で、おまえたちも伸び伸びと遊び学んだ。私は嬉しかった。

菅原家としてはまた菅家廊下としては充実したこの頃、天災のみならず政情不安は相変わらず続いていた。

陽成天皇が元慶八年（八八四年）二月四日、基経殿に手書を送り、譲位のご意志を伝えた。十七歳でのご退位だった。この前年の元慶七年（八八三年）十一月十日、帝の乳母の子の源益《すすむ》が殿上に侍していたところ、殴り殺されるという事件が発生した。『日本三代実録』の中で私は、つぎのように記した。

「源朝臣蔭《かげ》の息子である益が殿上に仕えていたとき、突然打ち殺された。宮中の役所はこの事をひた隠しに隠して局外者が知ることは無かった。益は帝の乳母従五位下紀朝臣《きのあそん》全子《またこ》が生んだ子どもであった」

陽成天皇は素行に問題がおありだった。陽成天皇の即位（元慶元年〈八七六年〉）とともに摂政に就任した基経殿は、この退位を受けてつぎの帝を誰にするかという問題に苦心された。普通はすでに皇太子が定められており混乱は生じないのだが、この時、皇太子が定められていなかった。その結果、仁明―文徳直系の継承者は、まず陽成天皇の同母弟で、基経殿の同母妹である高子《たかいこ》様がお生みなされた貞保《さだやす》親王、また陽成天皇の異母弟で、基経殿のご息女佳珠子《かずこ》様がお生みなされた貞辰《さだとき》親王であったが、国内に難問を抱えているときに摂政を必要とする幼帝は避けるべきであるということから、また、敢えて自らが外戚になることを基経殿は避けられたためか、仁明―文徳直系ではないが、仁明天皇のご子息で文徳天皇の異母弟にあたる時康《ときやす》親王（後の光孝《こうこう》天皇）が擁立されることになった。このとき時康親王五十四歳、時康親王にとっては青天の霹靂だったかもしれない。しかし、あくまで陽成天皇の突然の退位という事態を乗り切るための臨時的措置だった。

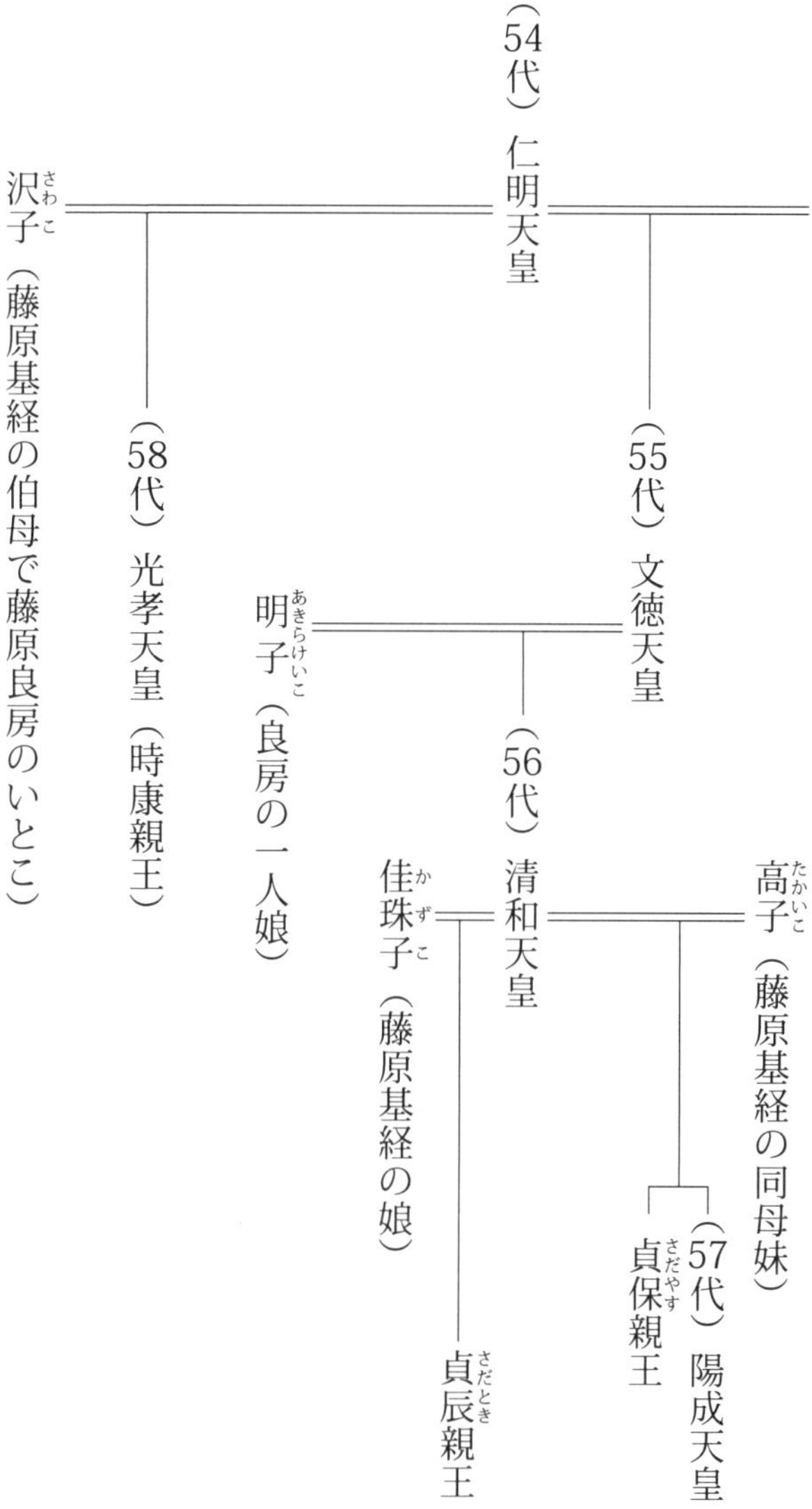
（54代）仁明天皇
順子《のぶこ》（藤原良房の妹）
沢子《さわこ》（藤原基経の伯母で藤原良房のいとこ）
（55代）文徳天皇
（58代）光孝天皇（時康親王）
明子《あきらけいこ》（良房の一人娘）
（56代）清和天皇
高子《たかいこ》（藤原基経の同母妹）
佳珠子《かずこ》（藤原基経の娘）
（57代）陽成天皇
貞保《さだやす》親王
貞辰《さだとき》親王

こうした政情不安の中で、「阿衡の紛議」の発端となった橘広相殿による勅答を遡ること、ほぼ二年前、仁和二年（八八六年）正月十六日に、私は讃岐守として都を離れることになった。「紅梅殿」を設けて三年経った時だった。

文章博士・式部少輔・加賀権守の三官を解任された。文章博士が地方に転出した例がないわけではなかったが、一度も都を離れたことのない私にとっては、文章博士の任十年の後、地方官に転出することは、正直望まないことだった。

このとき、この人事は左遷ではないかという噂が立ち、私自身そうした思いがした。というのも、私が讃岐守として讃岐国に転出する二年前、光孝天皇による基経殿の処遇問題に関してつぎのような事情があったからなのだ。

元慶八年（八八四年）二月二十三日に即位された光孝天皇は、自らの即位に関する措置に恩義を感じ、同年五月に「太政大臣《だいじようだいじん》」の職務や意義について、大内記菅野惟肖《すがののこれかた》、明経博士凡春宗《おおしのはるむね》・善淵永貞《よしぶちのながさだ》・忌部濬継《いんべのよしつぐ》、少外記大蔵善行《おおくらのよしゆき》、そして文章博士の私を含む計八人に諮問された。すでに、元慶四年（八八〇年）十二月に四十五歳で太政大臣に就任していた基経殿に対し、その恩に応えるべくさらに特別な待遇を講じようとなされたのだった。天皇が幼年あるいは病弱の場合に天皇を輔佐する「摂政」を設けることはできるが、光孝帝の場合五十四歳で即位されたのでそれはできず、太政大臣そのものを摂政に代わる重要な地位であることをあらためて示す必要があったのだろう。八人は中国やわが国の法制を考究して奏上し、おおむね同じ見解に達したようだが、なかでも私ははっきりと、

「太政大臣は唐の官制に照らせば相国《しょうこく》に相当しますが、中国では相国は秦・漢時代には『宰相』を意味し、魏・晋時代には『尊崇すべき官人』を意味しています。唐の官制とわが国の官制は著しく異なっているため、参考になりませんが、敢えて申し上げれば、わが国の太政大臣は魏・晋時代の『尊崇すべき官人』つまり『有徳の士』に相当します。したがって、太政大臣は職務のある職ではありません」

と奏上した。

ただし、前漢の宣帝《せんてい》（紀元前七四年～紀元前四九年在位）が、父の急死により祖父の昭帝《しょうてい》から皇位を受け継いだ際、昭帝の部下であった将軍霍光《かくこう》に政務を任せた例を挙げ、「関《あづか》り白《まを》す」という表現を用いて、「太政大臣には職務はありませんが、『関白』（「関り白す」）とは『全権を委ねる』という意であり、基経殿が全権を委ねられて引き続き政務を執ることはあり得ます」と奏上した。

文章博士の職務は重い。大学で学生たちの指導にあたるのはもちろんのこと、帝や公卿たちの個人的な顧問にもなるが、最高の責務は、太政官《だいじょうかん》の諮問に答えることだ。太政官の諮問に答えるために、文章博士はわが国や中国の歴史・律令・政治史・文化史など全般に通じていなけ

ればならない。

私は、基経殿に対し個人的に何の敵意も持っていない。私の見解は、個人的な好悪の問題ではなく、「太政大臣」の在り方について率直に学問的に述べたに過ぎなかった。「阿衡の紛議」の際に、学者・文人の在り方について私は自分の見解を披瀝したが、「阿衡」の在り方そのものについて、私は自らの見解を奏上することはなかった。しかし、「阿衡」と「太政大臣」の在り方については、私なりに一貫した意見を持っていたつもりだ。つまり、両者とも職務を持たない有徳の士であると。この見解の背後には、天皇は親政を推進し、現在崩れつつある律令制を立て直すことが必要だという思いもあった。有力貴族に国政を任せるという風潮を助長すれば、荘園の増殖を招き、必ず律令制は崩れてしまうという思いがあったのだ。これは今でも間違っていないと思っている。

しかし、当時の光孝帝は、私の見解を是とされず、太政大臣は「有徳の士が選ばれる」という考えを棄却し、同年（八八四年）六月五日、詔を下して、万機を太政大臣基経殿に委ねるご意志を表明された。

「仮に太政大臣の職が職掌のないものだとしても、太政大臣は朕の耳目腹心であるから朕の憂いを分かち合ってくれるだろうとも思うので、今日より官庁にいて職務に就いて万政を治め、宮中に入りては朕の身を輔《たす》け、宮中を出《い》でては百官を統率すべし。奏《まを》すべき事、下すべき事は、必ずまず太政大臣に相談せよ」

と詔し、親政を放棄され、すべてを基経殿に委ねることを宣言されたのだった。

しかも、この詔が下る三日前に、つまり六月二日に、光孝天皇は皇子六人、皇女十九人すべてを臣籍に降下させ、源《みなもと》の姓を与え、皇位を自らの子孫に継承させる意志のないことを示されたのだった。後の宇多帝もこのとき臣籍に降下されたのだった。親王を一人も残さないという処置をとられたのは、この時が初めてだった。

光孝天皇のこの措置によって、基経殿は太政大臣であり、同時に実質的に「関白」となった。「関白」の創始は、幼い帝が成人したため「摂政」を辞任した後も「関白」となりうる道を開いたという点で、以前摂政だった人物への処遇問題を解決することになったが、同時に光孝帝がまったく天皇親政を放棄されるという施政方針の前に、私の見解は完全に疎んじられた。このような事情があって、それから約一年半後、文章博士の任を解き且つ讃岐守として都から遠ざける措置がとられた。当時はそう思っていた。讃岐国は「上国《じょうこく》」であり、その守の位階は従五位下相当であるが、当時私は従五位上であったから、位階の点でも左遷と思っていたのだ。しかも、讃岐権守《ごんのかみ》ではなく讃岐守《かみ》なので、現地に赴任しなければならなかった。

しかし、このときもまた、学閥間の相剋が働いていたように思われた。大内記の大蔵善行《おおくらのよしゆき》殿と私とは当時二つの学閥の領袖として、門弟たちの政界・学界での昇進争いを競っていた状態だった。善行殿は私より十三歳年上で、私塾も開いていて、基経殿やその子の時平殿も善行殿の弟子だった。私を讃岐守に任じて都から遠ざけようとしたことは善行殿の案だったということを後で知った。また、あの「阿衡の紛議」の火付け役だった藤原佐世《すけよ》が、この時私に代わって文章博士に任じられたことも後で知った。私の讃岐国行きを誰よりも喜んだのはこの男かもしれない。

仁和二年（八八六年）正月十六日、讃岐守に任じられた。この五日後、正月二十一日に催された宮中での内宴で、基経殿は私の前に佇立され、『白氏文集』の一句、「明朝の風景何れの人にか属す〔明日から君の行く道中の風景は、ことごとく君の眼に触れ君のものとなるだろう〕」を吟じられた。しかし、私はその励ましの言葉に応えることができなかった。その後も、基経殿は私のために自分の邸で餞の席を設けてくださった。その席で私が詠った詩は、

「相国《しやうこく》の東閤《とうかふ》　餞《はなむけ》の席　探りて花の字を得たり」
吏《り》となり儒《じゆ》となりて　国家に報いむ
百身《ひやくしん》独立す　一《いつ》の恩涯《おんがい》
東閤を辞せまく欲りして　何なることをか恨みとせむ
明春《めいしゆん》　洛下《らくか》の花を見ざらむことを

〔「相国（基経殿）の東閤〈という文人のためにしばしば開放された書斎〉での餞の席
探して花の字を読み込むことができた」
今までは学者として仕えてきたが　これからは京を去り外吏となって赴任する
外吏となるも学者となるも　国家に報いる道は一つである
多くの人はそれぞれ陛下の恵みを受け　その恵みの限りにおいて独立して仕事に励んで
いるのだ
私が讃州の外吏として赴任することに、何の不平があろうか
明年の春、都の花を見ることができないことだけが唯一の心残りだ〕

京官だろうと地方官だろうと心を尽くして仕えるその覚悟は変わりはしない。しかし、四十二年慣れ親しんだ都を離れるのが辛かった。学問への未練はあったが、民部少輔に任命されて以来、いかにこの国の財政を立て直すかという問題は、私にとって生涯の課題になっていた。学問・詩だけがすべてではない。

「吏となり儒となりて　国家に報いむ」という思いは嘘ではなかった。

二人の幼子が亡くなって三年、長男高視は十二歳。景行《かげつら》、兼茂《かねしげ》、淳茂《あつしげ》らも元気に成長した。

妻や子どもたちと離れるのには寂しさもあるが、わずか四年のことだ。讃岐国の現状をしっか

り視れば、他の諸国の様子もほぼわかるだろう。そうすればこの国の行く末に向けてどんな方策を講じるべきかが見えてくるだろう。まさに百聞は一見に如かずだ。

任地着任まで二ヶ月、いろいろ準備をしなければならず忙しかったが、高視たちと宣来子《のぶきこ》は都に残していくことにした。都で過ごした方が、学問もできるだろうと思ったからだ。ただ三人の幼子を連れていくことにした。やはり子どもは可愛い。後に太宰府に左遷される折、幼い紅姫《べにひめ》と隈麿《くままろ》を同行させたように。しかし、この時は左遷ではなく、従者や乳母たちも同行したので、困難を感じることはなかった。持参した書物は、わずかに『老子』『春秋』『白氏文集』『漢書』『後漢書』だけだったが、書を読むことより、実際に視ることを心がけたのだ。この年、私は四十二歳、宣来子は三十七歳だった。

赴任した仁和二年（八八六年）三月、噂には聞いていたが、広大な満濃池《まんのういけ》を見て驚いた。周囲は唐里で二十里弱(約八㎞ちょっと)。その昔、讃岐国守だった道守朝臣《みちもりあそん》殿が大宝年間(七〇一年~七〇四年）に創築されたあと、弘仁九年（八一八年）に決壊してしまったのを受け、築池別当として派遣された空海殿が指揮を執って弘仁十二年（八二一年）に約三ヶ月で改修されたとのことだ。唐で土木技術を習得した空海殿によって、ため池はもちろん、用水路も設けられ、新たな田が開墾された。

平城京に都があった時代、養老六年（七二二年）に百万町歩開墾計画を立てて以来、朝廷は人口の増加に対応し、また租税の増収を図るため、新田の開墾を推し進めた。養老七年（七二三年）には三世一身法《さんぜいっしんのほう》が施行された。開墾に際し灌漑施設を新設した場合は本人・子・孫の三代か子・孫・曾孫の三代の所有権を認め、旧来の施設を利用した場合は本人一代の所有権を認めるというものだった。さらに、天平十五年（七四三年）には墾田永年私財法《こんでんえいねんしざいほう》が施行された。墾田は私財とし、その面積は位階に応じて規制するというものだった。さらに、三年間不耕の開墾地は他人に開墾を許可し、国司による在任中の開墾についても規定を設けた。墾田は私財とすることが基本で、天平神護《てんぴょうじんご》元年（七六五年）には新規の開墾の禁止令が出たが宝亀《ほうき》三年（七七二年）に撤廃されて私財法に復帰し、墾田の面積を位階に応じて規制するという規定も撤廃されて、後の荘園が形成されていった。

新たに田を開墾できるほど民には労働の余力はない。その一方で、嵯峨帝の擁立に藤原内麻呂《ふじわらのうちまろ》殿が貢献して以来、冬継、良房、基経殿と藤原北家《ほっけ》は荘園を拡大し続けている。藤原良房殿の時代には、所有する荘園は膨大で、各地の荘園には私兵も置かれ、中央政府のもとでも近衛府を統率していたから、藤原北家とどう向き合うかが、国の財政を立て直すにあたり大きな問題となっていた。

しかし、以前書き記した元慶二年（八七八年）の夷俘《いふ》の反乱に際し、藤原北家の私兵が投入されてもなかなか鎮圧できなかったのだが、軍事経験のない藤原保則《やすのり》殿が出羽権守《でわのごんのかみ》として派遣され、鎮守将軍であった小野春風《おののはるかぜ》殿とともに軍事的措置を講ずる一方で、武力によらず備蓄米を提供し説得することによって反乱を平和的に鎮圧した。小野春風殿も、防具・武具を捨て単身で夷俘の中に乗り込み、夷語《えびすご》を用いて降伏を促した。八月末には夷俘側が保則殿に降伏を請い妥協が成立したのだった。朝廷は追討を命じたが、保則殿は仁政を以て帰服させることが肝要で、それでも鎮まらない場合に初めて武威を以て臨むべきだと意見し、朝廷はこれを受け容れた。保則殿は没落した藤原南家《なんけ》出身だった。政情不安を解決するのには、必ずしも武力に依らない方策があり、工夫に富んだ有能な官吏を育てることが肝要なのだ。保則殿はその良き手本だった。

保則殿は、私が仁和二年（八八六年）三月に讃岐守として着任したとき、その前任者として私に仕事の引き継ぎをなされた人物でもあった。すでに貞観八年（八六六年）以来飢饉に苦しんでいた備中国権守としてまたその後、備中国守として、さらに備前国権守として治績を上げ、良吏の名を得ていらした。貧者を救い勧農して、備前国から任を終えて帰京する際には、別れを惜しんだ民が泣きながら道を遮るほどにやって来るので、小舟でひそかに出立したとの噂話も残されていた。この時の善政を施した手腕を買われて、俘囚の反乱に際して、出羽国に派遣されたのだった。

私は、保則殿の仁政に大いに学ばなければいけないと思っている。明経道にしろ、文章道にしろ、私も高視たちも、修めている学問の根本には儒学があり、さらにその根本に「仁」がある。だから、讃岐国守としての引き継ぎの際、保則殿からお話を承った。

保則殿はこの時六十二歳、私は四十二歳、地方政治について豊かな経験を積まれた方の言葉に真摯に耳を傾けたのだ。

「讃岐国のみならず多くの国の財政が逼迫していることはご存じであろう。なぜこのような事態に陥ってしまったのか、道真殿にはおわかりのことであろう」

「荘園がどの国でも拡大し、口分田が適切に配分されていないからでしょうか」

「そう。だがなぜ荘園が拡大し口分田が適切に配分されていないか、ご存じだろうか」

「そこを保則殿に詳しく承りたいと存じます」

「わしが思うに、耕地はすべて朝廷のものであり、子どもが生まれると口分田が与えられることになっておるのじゃが、子どもが生まれても戸籍に入れようとしない民が多いのじゃ。それは、口分田を与えられても、干魃や大雨、あるいは蝗《いなご》や烏・雀・狸・猿・猪・熊などによる被害、また稲などの病害で、満足に収穫ができないことが多いからなのじゃ。口分田は課税されるから、租税を免れたり、何より自分たちの食い扶持を確保し飢えないようにするためには、戸籍に入らず口分田を貰わない方が得策なのじゃ。そこまで民は追い込まれておる」

「そこで戸籍に入っていた者も、戸籍に登録された居住地である本貫《ほんがん》（戸籍登録地）から流浪・

逃亡して、貴族の荘園の下人《げにん》となることが多くなったのですね」

「そうじゃ。特にここ讃岐の地は、日照りが多く、水不足が常態化しておるので、口分田ではろくに収穫を望めないのじゃ。ところが、あの満濃池ができ、用水路も設けられ、新たな田が開墾された結果、私有地である墾田が拡大した。その所有者となっている貴族は墾田を荘園とし、そこに下人として民が働くようになったのじゃ」

「墾田はもともと私有地であり、新田を開墾する力は民にはありません。墾田を手に入れることができるのは、地元豪族である場合が多いですね。それを有力な貴族や寺社に寄進し、有力な貴族や寺社の荘園だということにすると、朝廷はそこの土地に租税をかけることができないのでしょうね」

「そうじゃ。その結果、朝廷の財政も逼迫することになるのじゃ。しかも、承知のように、本来、律令国家は民を戸籍に登録することで一人ひとりを掌握し、口分田を分け与えることで、その土地での租税を確かなものにしようとしてきたのじゃ。口分田は男子には二反、女子にその三分の二反と決め、この限りで民は同じ水準の生活をすることになるはずだった。これを前提にして租税がかけられるのだが、租《そ》は地方の財源に充てられ、人頭税で男子を対象とする労役またはその代替物としての庸《よう》、その地の産物である調《ちょう》が、中央政府の財源に充てられるのはご承知のとおりじゃ。さらに他の税制があることは今は触れない。大事なことは、庸・調を把握するため、毎年計帳が作成され、原則として六年に一度は全国一斉に戸籍の作成が行われてきたのだが、天長年間（八二四年〜八三三年）頃からは戸籍が全国一斉に作られることがなくなってしまった。作成された戸籍も老人や女子が奇妙に多いという不自然なものになってしまったからじゃ。班田収受も延暦十九年（八〇〇年）が最後となり、ここ五十年ほどまったく実施されない国や地域もあるほどじゃ。

さらに、私有地の下人は戸籍に登録されておらぬから、庸や調の人頭税をかけることができない仕組みになっておる。この点でも民は荘園の下人になりたがるのじゃ。しかも、荘園を実際に管理運営しているのは地元の豪族が多いが、これに有力な貴族や寺社が名義を貸し、利を得る仕組みになっており、とりわけ藤原北家が名義を貸している荘園に朝廷が干渉することは難しいのじゃ」

「荘園に立ち入ることが難しい最大の要因はなんでしょうか」

「中央からの国司の派遣に関して実権を持っておるのは北家《ほっけ》じゃ。今は、北家の基経殿が関白として実権を掌握されておる。これでは荘園に朝廷側が立ち入れるはずがないのじゃ。立ち入ったとしても、北家を批判する文書を朝廷に提出することは困難じゃ」

その時、私は諸国の民の様子が想像された。諸国は、人口・産業・文化等の関係で、大国《たいごく》・上国《じょうごく》・中国《ちゅうごく》・下国《げこく》に分かれている。安倍興行《あべのおきゆき》殿が元慶二年（八七八年）に讃岐介となり、藤原保則殿が元慶六年（八八二年）に讃岐守となって、優れた治績を積まれた結果、讃岐国は私が赴任した当時、数年前に中国から上国に準じていた。しかし、上国とされる讃岐国さえ荘園が増大する状態であるのだから、この二十年くらいの間に天災で苦しんだ国々ではどんな惨状が繰り返されていることか。

保則殿は話を接いだ。

「一方、藤原北家などは、豊富な私財を投じてさらに新田を開発し、用水路や堤防を築いて、さらに荘園を拡大する結果となっている。荘園には私兵を置いているので、その兵の数は膨大じゃ。左右近衛府の衛士をも北家が統率しておる。このままいくと、朝廷の財政は破綻するだけでなく、政権も奪取されるかもしれぬ」

何時の日か、朝廷が藤原北家によって滅亡させられるという事態も想定しなければならないのか。いずれにしても、天災地変がなかったとしても、律令制も徴税のあり方もこれまで通りでは済まなくなっていると考えてよいのではないか。

しかし、国を統治するのは武力によってではない。武力で統治しようとすれば、それは圧政となる。民は従うことはない。仁によって統治してこそ国は治まるのだ。

私は讃岐国到着後、逸る気持ちを抑え、民の日々の様子をじっくりと見ることにした。保則殿から民の悲惨な様子を聞いていたとはいえ、讃岐国は「上国」であり、時は四、五月。田畑は活気に溢れ、笑い声さえ聞けるかと期待した。森の中や川や海でも、子どもはむろん、大人も山菜を採ったり魚を追いかけている姿を眩しく見ることがあるかと期待した。しかし、そうした情景は夢のまた夢だった。骨だけのようにやせ細った人、蝸牛《かたつむり》の殻のような小さく粗末な家で暮らす人、さまざまな民衆の姿を見て、私の考えの甘さを思い知らされた。

藤原保則殿からは、民が戸籍に入らず口分田を貰いたがらないのは、干魃や大雨、あるいは蝗《いなご》や鳥・雀・狸・猿・猪・熊などによる被害、また稲などの病害などで、満足に収穫ができないことが多く、課税を免れ自分たちの食い扶持を確保するためなのだとお聞きした。しかし、もしかすると私の聞き落としがあったかもしれない。それだけではないように思われた。

多くの国では、国司は、班田収授を根幹とする律令政治を維持し、回復しなければならない立場にありながら、逆にその崩壊を早める施策をしているのではないかと推測されたからだ。朝廷の命により民から貢税を徴収する立場にあるということは、同時に民の労働力を涵養しなければならないことを使命とするはずなのに、これを忘れ、徴税のみに専念し、しかもこれによって私腹を肥やしている国司もいるようだ。

だから、まずは、優れた国司が輩出しなければならない。皇族や藤原北家に繋がる出自だけで要職に就く人事体制ではなく、仁に基づく政策を実行できる人事体制を作り出さなければならない。そのためには、大学での教育がいっそう大事になるだろう。大学や文官の人事を掌る式部省の改革も必要だ。

また、荘園にも課税し、荘園の下人にも人頭税を課せば、財政は一挙に好転するだろう。しかし、地方の豪族のみならず寺社や藤原北家とも対立することになり、軍事力を北家にほぼ握られている朝廷にこれが実行できるだろうか。これを実行するためには、租税や財政を扱う民部省の改革も必要だった。

次第に地方行政の問題点が見えてきた頃、あの阿衡の紛議が都で発生した。思い起こしてみると、この阿衡の紛議が、私の人生の転機となったように思う。

阿衡の紛議とは以下のようなものだった。

光孝天皇は、仁和三年（八八七年）八月二十五日に、関白と等しき権限を持つ藤原基経《ふじわらのもとつね》殿の計らいにより第七子の源定省《みなもとのさだみ》様（後の宇多帝）を親王に列し、さらに翌日に皇太子になさった。その直後、光孝天皇はご病気により同日崩御なされたので、定省様は即位なされて帝位につかれたが、宇多帝は基経殿が推戴してくれたことに恩義を感じ、三ヶ月後の十一月二十一日に、すべての政治はまず関白の手を経るべきことと天下に表明なされた。その後、同月二十六日に、基経殿は慣例に従って形式的に関白を辞退する旨を表明された。この形式的辞退に対し、二十七日、勅答が文章博士橘広相《たちばなのひろみ》殿によって草された。その文中に、

「阿衡の役目を卿の務めとすべきである」（「宜《よろ》しく阿衡の任を以て卿《けい》の任となすべし」）

と記されていた。

「阿衡」とは、本来、殷代の聖王である湯王《とうおう》に仕えた伊尹《いいん》に与えられた称号であり、一種の尊称だった。この称号がその勅答の中に記されていたことが、事件の発端となった。

当時、基経殿の家で事務を司る家司《けいし》でもあり、式部省の少輔《しょうふ》でもあり、私が讃岐守《さぬきのかみ》として讃岐国に赴任後、私の後任として文章博士を務めていた藤原佐世《ふじわらのすけよ》が、

「この『阿衡』とは単なる名誉職で担当する職務のないものにすぎませぬ。したがって、『宜しく阿衡の任を以て卿の任となすべし』とは『政治に携わるな』ということでございます。つまり、この勅答は基経様の関白の権限を停止すると同様の処置を示すものでございます」

と基経殿に説いたのだった。

こういう時こそ文章博士に諮問をして解決を図る時なのだが、この時の文章博士は橘広相殿と藤原佐世の当事者どうしだったから、諮問のしようがなかった。

一方、その頃、基経殿には「阿衡の任」に関して、疑心暗鬼を生じさせる事情があった。それは、勅答が出てから二ヶ月後の翌年の仁和四年（八八八年）正月二十七日に、橘広相殿の「意見十四箇条」が上奏され、これに続いて数人から「意見封事《いけんふうじ》」（官僚が密封して帝に提出する政治上の意見書）が上奏されたが、これは、宇多帝が自ら親政を推進せんと実行されたものではないかという疑念を基経殿に抱かせる結果になった。「帝による親政」と「すべての政治は

まず関白の手を経るべきこと」とは、相容れないものだった。だから、基経殿は、阿衡問題によって帝を牽制し自らの権力を示す絶好の機会にしようとされたのだろう。

一方、藤原佐世の真意は、基経殿の威を借りてでも、かつてわが父是善の門下生としてともに学んだ橘広相殿を陥れることにあったようだ。広相殿はすでに参議・左大弁・文章博士という栄職にあり、そのご息女義子《よしこ》様は、宇多帝の女御《にょうご》として二人の皇子をお生みになっており、佐世とは比較にならない身分となっていた。二人の皇子とは、斉中《ときなか》親王と斉世《ときよ》親王だ。佐世は嫉妬から広相殿を失脚させようとしたのだろうか。藤原佐世も菅家一門の出身であり、かつての門弟たちが相争う姿は、私にとって耐え難いものがあった。

他方、仁和四年（八八八年）四月には、嵯峨天皇の十二男である左大臣源融《とおる》殿が当時の学者善淵愛成《よしぶちのちかなり》・中原月雄《なかはらのつきお》らに「阿衡の任」について意見を求めたが、彼らは阿衡はたんなる名誉職で、担当する職務はないという見解を示した。

また、同年（八八八年）五月には、大内記《だいないき》三善清行、左少弁藤原佐世そして少外記紀長谷雄《しょうげききのはせお》が三人連名で「阿衡勘文《あこうかんもん》」を二度も朝廷に提出し、阿衡は名誉職で担当する職務はないとの説をとった。清行らは、その文書を二度にわたって提出することで、基経殿にあからさまに追従したと言えるだろう。このことは以前（第一章　春はいつ来たる）書き記した。

かくして、宇多帝は仁和四年（八八八年）六月六日に、

「勅答を作った橘広相は『阿衡』を引用して朕の本意に背いてしまった。太政大臣は今より後、多くの政務を朕を補佐して行い、すべての官吏を統率せよ」

との詔書を下して、基経殿の翻意を求めなされたが、基経殿は広相殿の処罰を求めてやまなかった。広相殿のご息女義子様が宇多帝の女御となって二子をご出産されており、橘広相殿が藤原氏を凌ぐ地位に昇ることを防ごうとしたからなのだろうか。

仁和四年（八八八年）十月十三日、帝はついに橘広相殿の官職剥奪の案文まで出されるに至ったが、十月はじめに基経殿のご息女温子《よしこ》様が入内されたためか、または自分なくして政務が行われないことを帝に示し得たと基経殿が判断したからか、十月下旬には広相殿の処分がないまま、事件は収束したのだった。約一年にわたる事件だった。しかし、この後、二年に満たない間に橘広相殿は他界された。享年五十四歳だった。権勢の拡張に腐心する勢力との狭間で、耐え難い心労があったためだろう。

阿衡の紛議の当時、私は都を離れて一年八ヶ月が経過していた。

当時、阿衡事件に関して、学問をする立場から基経殿に敢えて「昭宣公（基経殿）に奉る書」をお送り申し上げた。その中で、

「学者・文人という者は、己の仕事のために必ずしも中国の四書五経・歴史書の全説を取り上げず、書物の一部を取り入れて自分の意見を述べる『断章取義《だんしょうしゅぎ》』が普通であって、広相殿もこ

の『断章取義』をなされたに過ぎず、これを咎められては文章を作る者の立つ瀬がなく、学者・文人がいなくなってしまうでしょう」

と述べ、さらに、

「橘広相殿は宇多帝の即位に関して大功があり、特に広相殿のご息女義子《よしこ》様と帝との間には斉中《ときなか》親王と斉世《ときよ》親王というお二人の皇子がおありになり、しかも、宇多帝は、義子様を養子とされている基経殿の異母妹である淑子《よしこ》様、その淑子様の養子でもある」

ことを述べ、

「帝と義子様はともに淑子様の養子であり、帝と広相殿とは特別親しい縁故があるので、その広相殿を失墜させることは基経殿や藤原北家のためになりません」

と進言した。

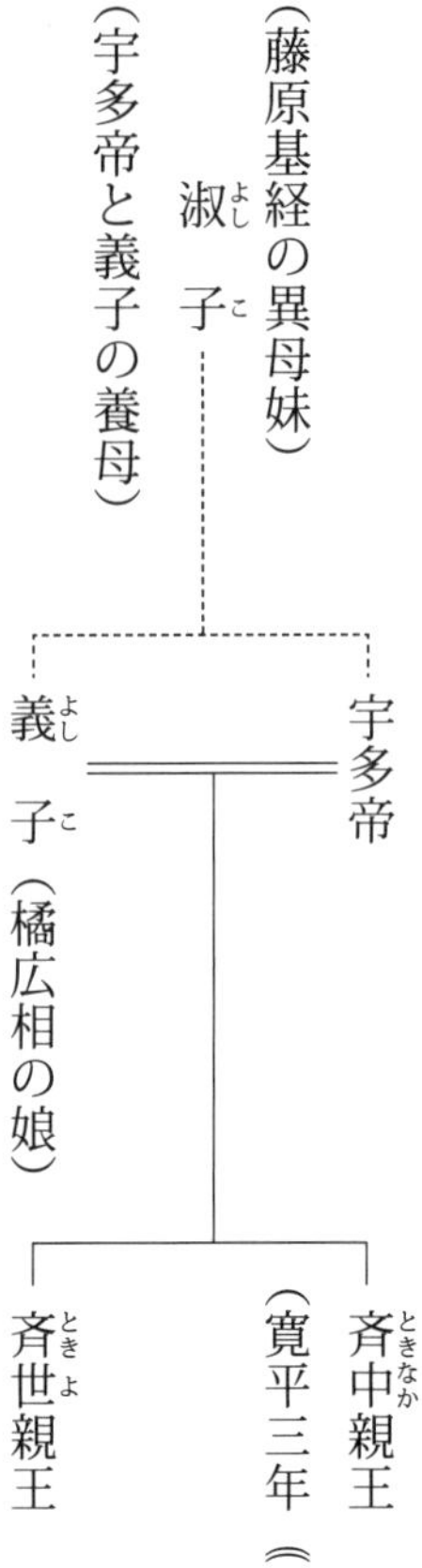

一介の国の守が関白殿に意見をするというのは、今思えば余りに大胆なことであったが、学者として率直に見解を述べたかったのだ。この私の行動が、禍福は糾《あざな》える縄の如くにその後の私の人生を変えていくことになったように思われる。

寛平二年（八九〇年）春に讃岐守としての任期の四年が終了し、長く待ち望んだ帰京が実現した。しかし、帰京してまもなく同年五月十六日には、橘広相殿が亡くなったことは先に記した。一方、翌年の寛平三年(八九一年)の正月には、藤原基経殿が薨去された。享年五十六歳だった。このとき、基経殿の継嗣、時平殿はまだ二十一歳と若く、左大臣源融殿は七十歳、大納言から右大臣に昇格された藤原良世殿は六十九歳、ともに重責を担うには年を召されていた。そしてこの後、帝は譲位するまで自ら政の決裁にあたることになった。これを後に「寛平の治」と言う。そして、この頃からさらに波乱に満ちた私の人生が始まったように思える。その年、私は四十七歳だった。

同年三月九日には再び式部少輔に任じられ、三月二十九日には、蔵人頭《くろうどのとう》だった時平殿の後を受けて蔵人頭に任ぜられた。左右大臣各一名、大納言一名、中納言三名、参議二名で議政官を構成して国政を統括するが、その参議に時平殿が任じられたからだ。

蔵人所は天皇直属で、宮中の機密の記録を司り文書を保管し、臣下の意見や書状を帝に取り次いで申し上げる「執奏」や天皇の勅旨を伝える「伝宣」に従事し、天皇のお側に仕えてその耳目となることを任務とする。蔵人頭は帝の秘書官長であるが、権力はない。蔵人所・蔵人頭が令に規定されていない令下官《りょうげのかん》として弘仁元年（八一〇年）に初めて置かれ、藤原冬嗣殿が初代蔵人頭に任じられて以来、常に藤原氏がその蔵人頭の要職を占めてきたのだが、このとき、私が藤原氏出身ではないにもかかわらず任命されることになった。今思えば、当時権勢を恣にされていた基経殿が薨去され、あの阿衡事件で基経殿に苦心され心身ともにお疲れなされた帝は、この機会に藤原氏を抑止し、親政を断行しようとなされて、私を蔵人頭に任命なされ、相談相手となされたのではないだろうか。

朕遂に志を得ず、枉《ま》げて大臣の請に随《したが》ふ

濁世の事是《かく》の如し。長大息すべきなり。

〔朕は遂に志を得ることがなかった、志を枉げて大臣の要請に随った

濁った現世の出来事はこのようなものだ。深いため息をつかねばならない〕

とは、阿衡の紛議の時、帝の口を衝いて出たお言葉だったという。

寛平三年（八九一年）の正月には、藤原基経殿が薨去された直後より、宇多帝は親政を始められた。この情勢の変化は、人事面によく現れている。

「阿衡の紛議」の火付け役となり、「阿衡勘文」を二度も三人連名で提出し、また当時文章博士だった藤原佐世は、陸奥守に転出となったが、これは紛うことのない左遷だった。「阿衡勘

文」を二度も提出したもう一人の人物三善清行も、大内記（正六位上相当）から肥後介（正六位下相当）に転任となった。ただ、これは遙任《ようにん》のため、下向はしていないが、一種の格下げであるのは間違いなかった。ところが、「阿衡の紛議」のもう一人の人物紀長谷雄殿は、同年（寛平三年）少内記から文章博士へと栄進した。政争に深入りしないおおらかな性格のためだったからかもしれない。個人的にはとても親しい友人であったから、私はうれしかった。

寛平三年（八九一年）四月十一日になると私は左中弁《さちゅうべん》を兼ねた。左中弁は正五位上相当の職で、官庁を指揮監督する役を担っていた。左中弁以上の経験者には参議に昇進する資格があり、将来三位《さんみ》以上に昇進する道が開かれた出世の登竜門だった。

寛平四年(八九二年)正月七日には従四位下に叙位された。正五位下から二階級特進だった。昇進の速さに驚いたのは、私ばかりではなかったようだ。

十二月五日には都の左京の民政を司る左京職《さきょうしき》の長官である左京大夫を兼ね、また、この年、勅命により、唐代初期に治世のための参考書として編まれた『群書治要《ぐんしょちよう》』を帝に侍読《じどく》することになった。

寛平五年（八九三年）は、さらに多忙な日々だった。二月十六日に参議に任じられた。藤原保則殿と職掌を同じくすることに、帝の国政改革のご意志を感じることができた。また、私は人事考課、礼式、叙位・任官、行賞を司り、役人養成機関である大学を統括する式部省で、式部卿に次ぐ官職である式部大輔を兼ねた。式部大輔は天皇の侍読を務めた者から任官される官職だった。

この日、藤原時平殿は中納言になった。

二月二十二日には、官庁を指揮監督する役を担っていた左大弁に転じ、三月十五日には勘解由使長官《かげゆしのかみ》を兼ねることになった。これはもともと地方の官職である外官を監査するのが職務だったが、今では都の各官職である内官にも拡大し、具体的には前任の国司や内官が持ち帰った解由状《げゆじよう》を監査し前任者が適切な仕事をしたか調査する機関の長だった。

左中弁・左大弁を足掛け六年経験する中で、国政全般について視野を広めることができた。また、二年弱の勘解由使長官を兼ねる中で、中央政府と国司との関係をどう改革すべきか、讃岐守の経験も含めて視野が広がったように思う。

四月一日からは敦仁親王《あつぎみしんのう》（後の醍醐天皇）の立太子を受け、皇太子の家政一般を司る春宮坊の次官である春宮亮《とうぐうのすけ》も兼ねた。敦仁親王の立太子は翌四月二日だった。

寛平六年（八九四年）十二月十五日には帝に近侍し補佐を申し上げる侍従を兼ねた。

寛平七年（八九五年）になると、正月十一日には近江守を兼ね、五月十五日には、渤海国からの使節が来日し、都の鴻臚館《こうろかん》で紀長谷雄殿とともに接待し、大使の裴頲《はいてい》殿と互いに詩賦を交わした。思い起こせば、この十二年前の元慶七年（八八三年）にも、岳父島田忠臣・紀長谷雄殿とともに大使の裴頲殿を接待したのだった。

同年（八九五年）十月二十六日には中納言に任ぜられ、従三位に叙せられた。正式の公卿となってしまった。前年までは参議の最下位にいたのに、七人の上位の公卿を超えてしまった。この時、私は五十一歳、素直に喜べないものを感じていた。遠くへ来すぎた。そして、歴史の流れという抗うことのできない速き流れに身を任すしかない自分の姿に或る危うさを感じていた。

十一月十三日には、皇太子である敦仁親王の家政全般を司る長官だが、あくまで仮の職である春宮権大夫《とうぐうごんのたいふ》を兼ねた。

翌、寛平八年（八九六年）十一月二十六日には、長女の衍子《えんし》が入内して宇多帝の女御となった。私事としてはよろこばしいことだった。しかし、身の引き締まる思いがしたのは、その年の八月二十八日に、租税・戸籍等の民政を主要な仕事とする民部省のトップである民部卿を兼ねたことだった。かつて二十代後半に民部少輔を経験し、多忙ではあったが地方行政の実情を知る良い機会を得たことが、後の讃岐守を務めるのに大いに役立ったことを思い出しながら、帝の律令制の再構築のご意志のためにも、最も力を注がねばならない職だと心の中で誓った。

振り返れば、讃岐国で国司の引き継ぎの際、地方政治についてご教示を頂いた藤原保則殿が、私が讃岐国より帰京した二年後の寛平四年（八九二年）に参議に加えられた。保則殿の官吏としての技量を高く評価された帝による抜擢だった。寛平五年（八九三年）には私も参議に加えられた。しかも、この時期には源能有《よしあり》殿が大納言だった。帝の親政を推進する三人が寛平五年（八九三年）には太政官に集められたのだ。大納言の源能有殿、参議の藤原保則殿と私。ところが、寛平七年（八九五年）四月二十一日、保則殿が病のため薨去されてしまった。享年七十一歳だった。国の財政を好転させる参謀の一人が欠けてしまったのだ。しかし、ここで挫けるわけにはいかなかった。翌、寛平八年（八九六年）には源能有殿が右大臣に任じられ、左大臣空席のため太政官の首座につかれた。

帝、能有殿が主導され私も与るなかで具体的な改革を行った。

任期中の国司、特に守《かみ》と介《すけ》が、朝廷に納める調・庸また例進雑物・納官料物・封家調庸を皆済した場合に調庸惣返抄《ちょうようそうへんしょう》を発給することにした。これらを皆済することが国司の責任とされ、これを果たした証明として任期終了時に調庸惣返抄を得ることが国司交替の条件とした。さらに翌、寛平九年（八九七年）には、調庸惣返抄の取得とこれを条件とする解由状《げゆじょう》の処理の責任は国司（守《かみ》・介《すけ》・掾《じょう》・目《さかん》）の中でも特に守一人が負うことにした。これは、国司の中でも守と介に任国支配の権限と責任を集中させていった天長元年（八二四年）以来の到達した姿でもあった。かつて守・介・掾・目が権限を分担しながら共同で責任を負ってきた律令制の国司にかわり、守に任国支配の大幅な裁量権を持たせる一方、責任を守一人に負わせることで、地元豪族や荘園領主とも適切に対応しながら最悪の対立を避け、しかも国庫の収入を安定させようとしたのだ。しかし、この施策は、租税がさらに増え、民に苦渋を強いるものでもあった。結局、藤原北家との衝突を回避し、同時に国庫収入を確保するという施策は、民にそのしわ寄せを強いることになったのだ。心苦しい思いもあった。

後で（第五章　太宰府南館にて）書き記すが、太宰府に配流されて間もない頃、私は刺客に襲われそうになった。その刺客が誰であるかは不明だが、この施策を恨んだ民の一人だったかもしれない。

ところが、寛平九年（八九七年）六月八日、今度は能有殿が病のため薨去されてしまった。享年五十三歳だった。改革の歩みは厳しいものになった。

源能有殿が薨去されたのを受け、同六月十九日に時平殿が大納言に任ぜられ左大将を兼ねられた一方、私は権大納言に任ぜられ右大将を兼ねることになった。時平殿に比して一歩下がっての私の昇進は、私にホッとさせるものがあったが、あまり昇進しない方がよいという思いがあった。七月十三日には、正三位に叙せられ、同月二十六日には中宮大夫《ちゅうぐうだいぶ》を兼ねることになった。これは藤原高藤《ふじわらのたかふじ》殿のご息女で醍醐帝（敦仁親王《あつぎみしんのう》）の御母堂である胤子《いんし》様が皇太夫人《こうたいぶじん》（中宮）になられたことで、中宮職が設けられたためだった。

そしてこの直前の同年（八九七年）七月三日、宇多帝は敦仁親王に譲位されたのだった。その結果、改革を推進する大黒柱を失ってしまった。私は孤立してしまったことを痛感した。時平殿はまだ二十七歳と若かったが、北家の領袖としてその存在感は次第に増していた。しかも、国政の改革という点では時平殿と敵対関係にあったからだ。

帝はこのとき三十一歳、親王はこのとき十三歳でいらした。実は、この御英断には深い事情があった。

帝には、藤原高藤殿のご息女の胤子《たねこ》様、橘広相殿のご息女の義子《よしこ》様、藤原基経殿のご息女で時平殿の妹である温子《よしこ》様という三人の女御がおられた。当時、皇子には、胤子様のお生みになった敦仁親王と、義子様のお生みになった斉世親王《ときよしんのう》がいらしたが、温子様には皇子はいらっしゃらなかった。

胤子様と義子様の中では義子様の方が入内が早く、入内当時、その父橘広相殿は正四位下・右大弁・文章博士という栄職にあり、帝は橘広相殿が橘諸兄《たちばなのもろえ》の子孫であるだけでなく優れた学者であったので尊敬し、常に「朕が博士」と呼んでいらした。しかも義子様のお生みになった斉世親王はきわめて聡明でいらした。

しかし、斉世親王を皇太子とされることもできようが、祖父橘広相殿は「阿衡の紛議」で、藤原基経殿からの攻撃により心労の果てに亡くなっていた。一方、基経殿の後継者である時平殿に対して、帝は警戒するところがおありだった。もし、温子様が皇子をご出産されれば、外戚である時平殿はその皇子を皇太子に立てるよう強く迫るだろうし、そうなれば、外戚である北家の領袖である時平殿の権勢はさらに強まるだろうという危惧がおありであった。かといって、藤原氏との関係を疎遠にするのは、政治を円滑に行うために避けなければならなかった。そのため、帝は藤原氏との関係を保ちつつ、時平殿の政治的権勢の影響力が大きくならないようにするという観点から、藤原高藤殿のご息女の胤子様のお生みになった敦仁親王に譲位されたのだった。敦仁親王は十三歳とまだまだ幼すぎたが、時平殿の妹である温子様が皇子をお生みになる前に決着をつけておく必要があったのだ。敦仁親王の母方の祖父である藤原高藤殿は、藤原北家ではあるが、良房―基経―時平殿と続く本家筋ではなく、良房殿の弟である良門《よしかど》殿の子息だった。さらに、基経殿薨去の後、皇族から臣下に下った源氏からいつでも皇位を継ぎうる方が現れてきたことも、そのご決断の一因だった。

胤子《たねこ》（藤原高藤《ふじわらのたかふじ》の娘）
宇多上皇
義子《よしこ》（橘広相《ひろみ》の娘）
温子《よしこ》（藤原時平の妹）
醍醐帝（敦仁親王）
斉世《ときよ》親王
寧子《やすこ》（道真の娘）

実は、譲位の四年前の寛平五年（八九三年）四月一日、だれを皇太子にするかという帝からの諮問に私だけが与った。私は参議になったばかりだった。この諮問の際、内尚司《ないしのつかさ》の長官である尚侍《しょうし》の淑子様が同席されていた。淑子様は帝の養母であり、帝は淑子様を非常に信頼なされていたからだった。その翌日、敦仁親王は皇太子になられた。

その二年後の寛平七年（八九五年）には、宇多帝は譲位されるご意志を私に示されたが、その時、皇太子はまだ十一歳だった。元服前の帝の場合、摂政を置くことになるかもしれなかった。また、帝ご本人が二十九歳とお若くいらっしゃったので、まだ早すぎるのではないでしょうかと進言した。そのためか、その時は、帝は譲位されることはなかった。

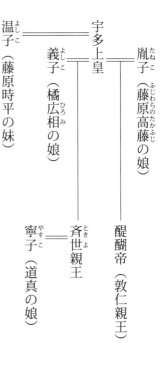

しかし、さらに、その二年後、つまり寛平九年（八九七年）、再度帝が譲位したいと私に諮られたときには、私は帝のご意思に賛同した。七月三日には敦仁親王は清涼殿で元服の式を執り行い、その日に帝は皇太子にご譲位された。新帝（醍醐天皇）は十三歳。早い元服ではあったが、帝が上皇となって新帝をご指導すれば、母方の祖父である藤原高藤殿や時平殿の影響を最小限に食い止めることができると思ったからだ。

高視たちも憶えておいてほしい。五十五代文徳天皇の時はご母堂の兄良房殿が、五十六代清和天皇の時はご母堂の父であるやはり良房殿が、そして五十七代陽成天皇の時はご母堂の同母兄である基経殿が政権を主導し、この間に地方においておもに藤原北家の荘園が増大し、国の財政が苦しくなったことを。

この体制を打ち破る一つの方策が上皇主導の国政だったのだ。

「元服された後も上皇が帝を支える体制を取れば、国政の改革を力強く推進できましょう」

とも進言した。

周辺でご譲位の噂が立ってしまっていたこともあり、遅れてはかえって異変が生ずるのではないかという判断もあった。帝は喜んで譲位された。しかし、その時私は、後になって理解できた帝の真意までは推し量ることができなかった。

帝は譲位に際し、醍醐帝に文書でもって訓戒をお示しなされた。これを『寛平の御遺誡《ごゆいかい》』と

言う。そこには、

「左大将藤原時平は功臣の子孫である。年は若いが政事に精通している。先年、女性問題で過ちを犯しているが、朕はそのようなことはなかったことにしているし、気にもとめていない。去年の春以来激励して政務に精励させている。実績の点から見ても第一等の臣である。顧問に据えてその補佐の言うことをよく用いるようにせよ。重用することである。

右大将菅原道真は大学者である。その上政事にも詳しい。抜擢して博士にしておいたが、たびたびまことに正しい諫言を受けた。ために異例の登用を行い、その功に報いてきた。そればかりでない。先年、汝を皇太子に立てるに際し、その相談相手としたのは菅原朝臣ただ一人だけだった。そのとき、汝も知っている後宮の内尚司《ないしのつかさ》の長官である尚侍《しょうし》の淑子《よしこ》が同席していたほかには誰もいなかった。また、立太子の式後、二年も経たないうちに、朕は譲位をしたいと思ったので、その気持ちを内密に菅原朝臣に話してみた。ところが、菅原朝臣が答えるには、『このような大事を行うには、何よりも時機に合うということが大切です。軽々しくお考えなされてはいけません。急いでなされることは決してよろしくありません』と言った。そして、あるときは、他見をはばかり密封した意見書を提出し、またあるときは、ずばり自分の信条を述べ立てて、どうしても同意しない。しかし、いずれもみな正しい意見である。反対のしようがないのでそのままにしておいた。今年になって、菅原朝臣を呼び、『こういう事情であるから譲位する』と固い覚悟のほどを告げたところ、今度は何も反論することなく、その準備をあれこれと始めた。『七月に譲位の儀式が行われる』との噂が出始めた。それで、うんざりして譲位の儀式を延期したくなってきたところ、菅原朝臣が『このような神聖な行事は、後に延ばすなどということはあってはなりません。大事な行事が停滞すると事件が起こる云々ということもあります』と諫めて、朕の気持ちのぐらつきを抑え、決意を固めさせてくれた。このようなわけだから、菅原朝臣は朕の忠臣というばかりでなく、また、汝の功臣ともいうべき者であろう。人の功績というものは決して忘れてはならないものである。しっかりと留意されよ」

と記されていた。

この『寛平の御遺誡』は優れた御遺誡として後に著名なものとなったのだが、わが友紀長谷雄殿がわざわざ書簡の中に書き写して太宰府南館まで送ってくれたのだった。私は感涙に咽んだ。

また、同時に時平殿と私とに、宣旨《せんじ》を下され、それには、

「大納言藤原朝臣時平、権大納言菅原朝臣道真の二人は、年若い醍醐天皇が成人するまでの間、全ての政の新帝に申し上げ裁可を請うべき事を、且つその趣旨を、新帝に知らせ教えて、これを申し上げ、これの裁可を請え。そして新帝が勅命を伝え行うべき道を誤ることがないよう、勅命を臣下に伝えて行え」と記されていた。

この宣旨については以前（第一章　春はいつ来たる）書き記したが、この宣旨の背後には、時平殿と私には、文書を内々に閲覧して事務的に処理するだけの仕事を課し、実質的な政策は上皇が行うという意味があった。この職務を「内覧《ないらん》」と言った。したがって、「内覧」は「摂政」や「関白」が独裁的権力を振るうことができるのとは異なっていた。しかし、この宣旨の背後には帝のもう一つのご意図があったのだが、この時点では、私はこのご意図をまだ理解できなかった。

また、この時、権大納言源光殿、中納言藤原高藤殿、中納言藤原国経殿らは、奏請や宣行のことはすべて時平殿と私を経るようにと帝が命じなされたため、政務を拒否されてしまった。この件についても先（第一章　春はいつ来たる）に記した。私が彼らから疎んじられていることは間違いなかった。

さらに不安を駆り立てる事態が生じた。

帝は、私の娘であり高視たちの妹である寧子《やすこ》を斉世《ときよ》親王の妃にせよとおっしゃったのだ。斉世親王のご母堂は阿衡の紛議で失脚した橘広相殿のご息女である義子様だ。斉世親王は後の醍醐天皇である敦仁親王の異母弟で、一歳年下の十二歳だった。兄弟間の皇位継承をお考えなされたのだろうか。しかし、兄弟間の皇位継承に繋がらないとしても、のちのち紛議の種になるのではないかと私は心配した。しかし、私は帝のご要請を無にすることはできなかった。

譲位された後、宇多上皇は朱雀院《すざくいん》に移られた。内裏からすぐ近くだ。私は、内裏はもちろん朱雀院にもしばしば伺候することとなった。

この翌々年の昌泰二年（八九九年）には、時平殿が左大臣・正三位で二十九歳、私が右大臣・正三位で五十五歳だった。二人とも内覧を兼ねていた。仁明天皇の第三皇子でいらっしゃる源光殿が大納言・従三位で五十四歳であり、また、醍醐天皇のご生母である胤子様の御尊父つまり帝の外戚である藤原高藤殿も大納言・従三位で六十二歳だった。さらに、宇多上皇のご養母である淑子様の同母兄であり、時平殿の伯父にあたる藤原国経殿は中納言で七十二歳だった。皇族から臣下に下った源氏の源光殿や藤原氏の藤原高藤殿そして藤原国経殿を官職・位階ともに私は超えてしまった。孤立感はさらに深まった。

しかも、上皇はすでに退位なされているのみならず、出家される準備をされていた。私はこまでの上皇のご決意を推し量れなかった。時平殿と私とに下された宣旨《せんじ》の背後には、さらに
「朕は出家するので、道真、後は宜しく頼む」

という意味があったのだった。

孤立していく自分を感じざるを得なかった。上皇がいらっしゃっての私だったからだ。

上皇の御尊父光孝天皇が仁和二年（八八六年）から寺院の建立を開始されたが、光孝天皇が崩御されたため、上皇がそのご遺志を引き継ぎ、仁和四年（八八八年）に「西山御願寺《にしやまごがんじ》」とし

て落成した。後に年号をとって、その寺を「仁和寺《にんなじ》」と称された。その仁和寺を御所としながら境内に御室《おむろ》と呼ばれる僧院を建てて、上皇はご出家の準備をされていたのだ。そして昌泰二年（八九九年）十月二十四日に出家なされ、東寺《とうじ》で受戒なされた後、仁和寺にお帰りなされて法皇となられた。

この年、醍醐帝は十五歳になられ、名実ともに成人天皇と見なされたからこそ、上皇は出家されたのだった。上皇の出家と帝の自立。内覧の職務もここに終了した。このような状況の中で、私の学問に対する不信感が加わったとき、かの方々の私に対する態度は激変したのではないだろうか。なぜなら、『紀』に関する私の悪業を知った方々は、自分たちが正義だと思い込むことができ、何の躊躇もなく私を処断すべきだと断ずることができたからだ。

第四章　『万葉集』を読む

元慶六年（八八二年）という年は、私にとって記念すべき年だった。というのも、『紀』の講書終了を祝う祝宴つまり「竟宴《きょうえん》」が行われ、その席で詠われた和歌が後に『日本紀竟宴和《にほんぎきょうえんわ》歌《か》』としてまとめられたからだった。陽成天皇の御代だったが、次第に和歌が見直されてきた証でもあった。

宇多帝は、寛平元年（八八九年）の頃より和歌の興隆に力をお入れなされた。まだまだ男子は漢詩を作ることが嗜みとされる傾向があるが、「寛平御時后宮歌合《かんぴょうのおほんときききさいのみやのうたあはせ》」（寛平元年⦅八八九年⦆）や「是貞親王家歌合《これさだのみこのいえうたあわせ》」（寛平四年⦅八九二年⦆）などの大規模な歌合を開催され、帝はこれらを撰歌の場とされたのだった。そして、これらの歌合を受けて、翌年（八九三年）には、漢詩に匹敵するほどに和歌を広く男子に普及させるため、宇多帝より『新撰万葉集』の編輯に取りかかるようご内命を受けた。その結果、『新撰万葉集』を撰したのが九月二十五日だった。

『新撰万葉集』に収録された歌にはつぎのようなものがあった。

寛平元年の「寛平御時后宮歌合」の時の歌。

花の香を風のたよりにたぐへてぞ　鶯さそふしるべにはやる　紀友則

〔暖かな春風を手紙とし、梅の花の香りをそれに添えてやって、まだ姿を見せない鶯を誘い出す案内として送ろう〕

また、寛平四年（八九二年）の「是貞親王家歌合」の時の歌。

秋霧は今朝はなたちそ　佐保山《さほやま》のははその紅葉よそにても見む　読人しらず

〔秋霧よ、今朝だけは立たないでくれないか。佐保山を彩るははその紅葉をせめて遠方からでも見ようとしているのだから〕

『新撰万葉集』の上巻一一九首は「寛平御時后宮歌合」と「是貞親王家歌合」の歌の、左に座って詠った歌を、下巻一三三首は右に座って詠った歌を、ともに春・夏・秋・冬・恋の部類分けをして載せた。作者名はまったく記さず、上巻の序文は私が書いたが、それにも私の名は記さなかった。

和歌を万葉仮名で表記し、その意味や情趣を漢詩に翻訳して示すことが、漢詩の世界に慣れ親しんでいた男子の宮廷人には効果的だと思われたので、万葉仮名で記した一首の和歌に一首の七言絶句の漢詩を添えるようにしたのだ。

この歌集中の歌の表記の例を先の「花の香を風のたよりにたぐへてぞ　鶯さそふしるべにはやる」の歌で示すと、

花之香緒風之便丹交倍手曾《たぐへてぞ》　鶯倡指南庭遣《さそふしるべにはやる》　〈万葉仮名で表記〉

頻遣花香遠近賒　家々處々匣中加　黄鶯出谷無媒介　唯可梅風為指斗　〈七言絶句の漢詩〉

というものだ。

この頃、私は多忙ですべてに関わることができなかったので、和歌の万葉仮名表記と七言絶句の漢詩は菅家廊下の門人たちに任せ、私が校正をした後、『新撰万葉集』上巻の序文を書いた。

また、宇多帝より、『新撰万葉集』の編輯の数年前より、後の『万葉集』の原型の編輯に着手するようご内命があったので、『新撰万葉集』の上巻の序文の中で、私は、後に『万葉集』となる歌集の原型を編輯したことも記した。

その序文は、

「夫《そ》れ万葉集は古歌の流なり。未だ嘗《もと》より警策《きやうざく》の名を称せずはあらず。況《いは》んやまた鄭《てい》・衛《えい》の音を屑《もののかず》とせざるをや。聞くならく、古飛文染翰《いにしへひぶんせんかん》の士、興詠吟嘯《ぎんせう》の客、青春の時に、玄冬の節に、見るに随《したが》ひて興《おこ》既に作り、聆《き》くに触れて感自ら生ると」

〔そもそも万葉集の歌は、古歌に基づくその分流で、秀逸な作品であり、いわんや中国の鄭《てい》や衛《えい》の国で流行ったような低俗な音楽ではない。聞くところによると、古《いにしえ》の優れた文章を書く人士や興を得て歌い詩を口ずさむ風流人は、自然や人生の春のとき、また冬の季節に、何かを見るとすぐ感興が興り、何かを聞くと自然に感興が生じるのを常とした〕

「凡《およ》そ厥《そ》の草稿する所、幾千といふことを知らず。漸《やうや》くに筆墨の跡を尋ぬるに、文句錯乱し、詩にもあらず賦にもあらず。字対雑糅《ざつじう》し、入ること難く悟ること難し。所謂《いはゆる》仰げばいよいよ高く、鑽《き》ればいよいよ堅きか。然して意有る者は進み、智無き者は退くのみ」

〔しかし、万葉集の草稿は幾千の歌があるかもわからないほど多量であった。ようやく筆跡をたどりながら読んだが、文句や文字が乱れ、詩なのか漢文体の韻文の一つである賦《ふ》なのかもわからない。文字の対句も混乱し、文章の意味に入っていきがたく、つかみ取りにくい。すぐれた内容であるようだが、理解しようとすると難物である。だから、意志ある者は探究しようと努力するが、智への意欲のない者は退くほかない〕

「是において、綸綍《りんふつ》を奉じて綜緝《そうしふ》するの外に、更に人口にあるもの尽《ことごと》く以て撰集して、数十巻となす。その要妙を装ひて、匱《はこ》に韞《をさ》めて価を待つ。唯媿《ただは》づらくは、凡眼の及ぶべき所に非ざることを」

〔ここにおいて、〈一〉宇多帝の詔勅を奉じて編輯《へんしゅう》し、その上さらに〈二〉人の口伝てに残っている歌を含め、ことごとく集めて編輯し、その結果数十巻を成すに至った。この成果を受けて、〈三〉その数十巻の中から秀作を選んで抄本を作り、後世の評価を待つことにした。ただ、凡眼の私のすることを自分でも恥ずかしく思っている〕

というものだった。これ以降の序文は、歌合や『新撰万葉集』の話なので省略する。

私の眼前にあったのは、後に『万葉集』と言われることになる、しかも、後に巻一、二、三、四、六、十一、十三、十六と言われることになる巻だった。これを再編集して〈一〉勅撰本『万葉集』とした。この勅撰本『万葉集』に伝承歌を加えて数十巻の〈二〉『新万葉集』を作った。『新万葉集』は勅撰本『万葉集』を核にした「増補万葉集」とも言うべきものだった。この数十巻からなる『新万葉集』から更に優れた歌を撰び〈三〉『万葉抄』も作った。こうして三種類の『万葉集』を編輯したのだ。このうち勅撰本『万葉集』を宇多帝に奉献申し上げた。いずれにしても、当時はまだ『万葉集』と後に言われることになる歌集は、二十巻になってはいなかった。その後の編輯については、私はわからない。大伴家持殿が『万葉集』を編輯されたという話があったが、私自身が関わったのは、編輯されたとは言い難い状態の『万葉集』だった。

その一：『万葉集』編輯

寛平五年（八九三年）の数年前から勅撰本『万葉集』の編輯に取りかかったのだが、その際、『紀』の注釈に『万葉集』を引用したり、『万葉集』の歌に左注をつけたり、その左注に『紀』を引用したりした。『紀』は、昔、元慶二年（八七八年）から元慶五年（八八一年）にかけて宮廷で高級官僚たちを前にして講書したが、その時には、『万葉集』の詳細については知らなかった。その後、勅撰本『万葉集』を編輯するにあたり、『紀』と対照しながら読み解くことは、歌と歴史的事実の関連を知り、また古代語を学ぶためにも意義あることと考えたのだ。文章道の学問として当然のことだった。

このとき、私は『万葉集』の歌に左注を加える場合には「今案《かむが》ふるに」という一句を入れた。それ以前の草稿本の左注に「考ふるに」とあるのと区別するためだった。「今案《かむが》ふるに」という左注をつけたのは、後に巻一、二、三、四、六、十三、十六と言われることになる巻だった。

また、編輯中に私が似た歌の重複を示した左注の表現が、当然のことながら類似したものになってしまった。例えば、

右は、句々相換《あひかは》れり。因りて此に重ねて載す（後の巻一、二六の左注）

右は、歌体同じといへども、句々相替れり。因りて此に重ねて載す（後の巻二、一三九の左注）

右の一首は、上に柿本朝臣人麿の歌の中に見えたり。ただ、句々相換れるを以ちての故に茲《ここ》に載す（巻十一、二六三四の左注）

というように。

右の最後の例から、後の巻十一には「今案ふるに」という左注はないのだが、後の巻十一も私が編輯したことがわかってもらえるだろう。

今思えば、誤りもあった。

太宰府に西下する二月末の頃、馬酔木《あせび》の花が咲いているのをその道中で知った。そのとき、はっと思った。以下の二首の後に続く左注についてだ。

大津皇子《おほつのみこ》の屍《かばね》を葛城《かづらき》の二上山《ふたがみやま》に移し葬《はふ》りし時に、〈同母姉〉大来皇女《おほくのひめみこ》の哀しび傷《いた》みて作りませる御歌二首

うつそみの人にあるわれや明日よりは　二上山を弟世《いろせ》とわが見む（後の巻二、一六五）

〔大津皇子の遺体を葛城の二上山に移葬した時、同母姉大来皇女が悲しんで作られた歌

この世の人である私は、明日からは　二上山を弟として眺めることでしょうか〕

磯の上に生ふる馬酔木を手折らめど　見すべき君がありといはなくに（後の巻二、一六六）

〔磯のほとりに生えている馬酔木を折りたいが　見せるべき相手のあなたがいるわけではないことだ〕

この左注に、「右の一首（後の巻二、一六六）は、今案《かむが》ふるに、移し葬《はぶ》る歌に似ず。けだし、疑はくは、伊勢神宮《いせのかむみや》より京に還る時に、路の上に花を見て、感傷哀咽《あいえつ》して、この歌を作るか」

〔右の一首（後の巻二、一六六）は、今考えてみると、移葬の時の歌らしくない。ひょっとすると、伊勢神宮から都に帰る時に、道のそばで馬酔木の花を見て、悲しみ咽び泣いて、この歌

を作ったものか〕と注記したが、大来皇女の上京は『紀』によれば、朱鳥元年（六八六年）の十一月十六日のことだ。春に咲く馬酔木が冬に咲くわけがないことを、太宰府への西下の際初めて知った。

おもに山陰道を通過して西下したのだが、出雲国に入り、御井《みい》神社のちょうど背後の道で小休止をとった。私を左遷先に送る三人の使者のうち、左衛門少尉《さえもんのしょうい》の善友益友《よしとものますとも》が、

「これよりおよそ四十里（約一八キロ）ほどの戌《いぬ》の方（西北西）に、出雲大社《いずものおおやしろ》が見えますが、おわかりになりますか。高く聳えたお社で、大社造りの独特の屋根が見えますので、ごゆっくりご覧ください」

と言ってくれた。

私と幼子の紅姫《べにひめ》と隈麿《くままろ》、そして都からずっと私たちの世話をしてくれている門弟味酒安行《うまさけのやすゆき》はしばらくその場に佇んだが、春爛漫の時、枝の端に白い壺状の花を房状につけている見知らぬ木を見つけた。安行に、

「これは何という木ですか」

と尋ねると、

「これは馬酔木という木で、美しいのですが、毒を含んでいます」

と教えてくれた。

その時、私は、先の歌（後の巻二、一六六）に施した私の左注が、誤りだったことを知った。この歌に大伴家持殿が左注をつけたなら、馬酔木を愛した家持殿がこんな左注をつけるわけがないだろう。馬酔木そのものを知らない私の誤りだった。

また、私らしい「左注」もつけた。

後の巻四、四八七の左注では、「右、今案ふるに、高市岡本宮《たけちのをかもとのみや》・後岡本宮《のちのをかもとのみや》、二代二帝おのおの異なれり。ただし、岡本天皇といふは、未だその指すところを審《つばひ》らかにせず」と記した。後の巻四、四八五〜四八七の歌は、「岡本天皇の御製」と詞書にあるのだが、岡本宮を皇居とされた天皇は、舒明天皇と斉明天皇とがいらっしゃるので、これだけでは舒明天皇なのか斉明天皇なのかわからない。そのため左注をつけた。その中で「天皇」と記さず「帝」と記したのは、何よりも中国の史書を範とする私らしい着想だった。歌、詞書、左注を含めて草稿版の『万葉集』中、「帝」を記したのはこの箇所のみだ。

こうして、草稿版の『万葉集』の膨大な詞書、歌、左注を検討しながら、そして『紀』と比較しながら編輯したとき、ふと気がついたことがあった。

その二：『万葉集』と白村江の戦い

白村江《はくすきのえ》の戦いに関わると覚しき歌は、いったい誰が作った歌なのか。白村江の戦いに関わると覚しき歌は、私が知る限りつぎの一首のみだ。

熟田津《にきたつ》に船乗りせむと月待てば　潮もかなひぬ今は漕ぎ出でな（後の巻一、八）

〔熟田津で船出をしようとして月の出を待っていると潮も満ちてきた　さあ漕ぎ出そう〕

この歌の「詞書《ことばがき》」には「額田王《ぬかたのおほきみ》の歌」と記されている。この歌は百済を救援するために派遣される船団がこれから九州より出帆するのだが、その前にここ伊予国の熟田津でしばらく休息した後、まずは九州に向けて出港しようという歌だとされている。熟田津は道後温泉の近くということだが、伊予国出身の門弟に尋ねてもは特定できなかった。「津」は湊《みなと》・港という意味だから、せめて「熟田《にきた》」という地名が残っていれば特定できるのだが。いずれにせよ不明なのだ。

ところで、この歌の「左注」には、

「右、山上憶良大夫の『類聚歌林《るいじゆうかりん》』について調べてみると、『舒明天皇の九年（六三七年）十二月十四日、舒明天皇と皇后（後の皇極天皇、重祚《ちようそ》して斉明天皇）は伊予の温泉の離宮に行幸された。斉明天皇の七年（六六一年）正月六日、天皇のお船は海路筑紫に向かって出発した。十四日、お船は伊予の熟田津の石湯《いわゆ》の仮の御殿に泊まった。天皇は夫君舒明天皇と来られたときの風物が昔のまま残っているのをご覧になって、すぐになつかしく思われた。そこでお歌を作られ、哀傷《かなし》びたまふ』とある。つまり、この歌は斉明天皇のお歌である。額田王の歌は別に四首ある」

と、記されている。

しかし、この歌を読んで、「哀傷《かなし》びたまふ」情を感じ取ることができるだろうか。この歌は、悲しみを歌うというより、むしろ力強い。これから戦いに向け出発するにあたり歌ったという方がよく似合う。だから、舒明天皇を偲んで斉明天皇が歌われたお歌というのは無理があるだろう。

しかし、だからといって、額田王がこんな力強い歌を歌うだろうか。まるで男子の歌だ。

私が編輯した資料で知った限りの額田王の短歌は、つぎのようなものだった。

綜麻《へそ》かたの　林の前《さき》の　さ野榛《のはり》の　衣《きぬ》に付くなす　目に付くわが背《せ》（後の巻一、一九）

〔綜麻《へそ》形の　林の端の　榛《はん》の木が　服によく付くように　よく目に付くわが君です〕

あかねさす　紫野行き　標野《しめの》行き　野守《のもり》は見ずや　君が袖振る（後の巻一、二〇）

〔あかねさす　紫野を行き　標野を行って　野守は見ていえるではありませんか　あなたが

私に袖を振るのを〕
古に　恋ふらむ鳥は　ほととぎす　けだしや鳴きし　我が恋ふるごと（後の巻一、一一二）
〔いにしえを　慕うという鳥は　不如帰《ほととぎす》です　おそらく鳴いていたでしょう　私があなたを慕っているように〕
み吉野の　玉松が枝《え》は　愛《は》しきかも　君が御言《みこと》を　持ちて通《かよ》はく（後の巻一、一一三）
〔み吉野の　松の枝は　愛おしい　あなたのお言葉を　運んでくるとは〕

この四首には共通した特徴がある。どれも、五・七・五・七・七と律動的に切れ、しかも恋心に満ちた情熱的な歌だ。これぞ額田王の歌と言える。「熟田津に…」の歌の左注に「額田王の歌は別に四首ある」とは、これらの歌のことを言っているのではないだろうか。

ただし、「綜麻かたの　林の前の　さ野榛の　衣に付くなす　目に付くわが背」（後の巻一、一一九）という歌は、後の巻一の一七、一八、一九の歌の詞書「額田王、近江国に下る時に作る歌、井戸王の即ち和（こた）ふる歌」によると、額田王が作った二首の歌（後の巻一の一七、一八）に井戸王が唱和した歌だとされているが、おかしい。直前の二首（後の巻一の一七・一八）の方が男子、井戸王、おそらく後の天智天皇による歌であり、「綜麻かたの…」（後の巻一、一一九）が額田王の歌だ。詞書や左注を素直に受け取れないものが、『万葉集』にはある。

また、

かからむと　かねて知りせば　大御船　泊《は》てし泊《と》まりに　標結《しめ》はましを（後の巻一、一五一）

〔こうなる（崩御される）と　前から知っていたならば　大君（天智天皇）の船が　泊まった港に　標縄《しめなわ》を張ればよかったのに〕

君待つと　吾《あ》が恋ひ居《を》れば　我が宿の　簾《すだれ》動かし　秋の風吹く（後の巻四、四八八）

〔貴方のおいでを待って　私が恋い慕っていると　私の家の　簾を動かして　秋の風が吹いてくることです〕

この二首は天智天皇を偲んで額田王が作ったとされる歌だが、天智天皇の崩御に遭遇したときの歌なのだから、右の四首のような恋心に満ちた情熱的な歌と同類の歌であるはずがない。

しかし、例えばつぎの歌、

秋の野の　み草刈り葺《ふ》き　宿れりし　宇治の都の　仮庵《かりいほ》し思ほゆ（後の巻一、七）

〔秋の野の　萱《かや》を刈って屋根に葺き　旅宿りをした　宇治の都の仮の庵が思われる〕

この歌には、詞書に「額田王の歌　未だ詳《つまび》らかならず」とあるとおり、作者については疑いがあるとされている。先の四首の歌とは余りに雰囲気がかけ離れているからだ。

そして、あの「熟田津に船乗りせむと月待てば　潮もかなひぬ今は漕ぎ出でな」という歌。これも額田王の歌の作風とは違いすぎる。やはり、作者は男子ではないだろうか。

この歌が歌われたとされる斉明天皇の七年（六六一年）正月十四日の半年前の斉明天皇の六

年（六六〇年）、七月十八日に百済は滅亡した。

後の『三国史記』「百済本紀」には、

「義慈王《ぎじおう》二十年（六六〇年）、唐の高宗は左衛《さえい》大将軍蘇定方《そていほう》をはじめとして兵十三万を山東半島より船で送り、同時に新羅の武烈王《ぶれつ》は将軍金庾信《きんゆしん》をはじめ兵五万を送り、百済に攻め込んできた。王都である泗沘《しひ》城付近で百済軍は防戦したが、死者は一万余名に達した。結局、義慈王や王子の泰、隆《りゅう》、演、太子の孝をはじめとして大臣将領など八十八名と人民一万二千八百七名は捕虜として長安に送られた」

とある。

また、『三国史記』「新羅本紀」には、

「武烈王七年（六六〇年）六月十八日、蘇定方は水陸十三万の兵とともに船に乗り、山東半島より東に向け出発した。するとわが国の武烈王は大将軍金庾信をはじめ精兵五万を送り、唐軍に呼応させた。七月十二日、百済の義慈王の都城である泗沘城を攻撃した。翌十三日、義慈王は夜間左右の臣とともに熊津城《ゆうしんじょう》に避難したが、十八日、太子隆と熊津方面の軍を率いて降伏した。

八月二日には武烈王は大宴会を設けて将兵を慰労したが、武烈王は蘇定方および諸将とともに堂上に坐り、百済の義慈王およびその子の隆を堂下に坐らせた。そして義慈王に酒をつがせたりしたので、百済の群臣は嗚咽して涙を流さない者はなかった。…九月三日、蘇定方は百済王と王族およびその臣下九十三名と人民一万二千名を引き連れて泗沘城から船に乗り、唐に帰った」

とある。

また、後に『新唐書』として編輯されることになる草稿には、

「わが唐の高宗は顕慶五年（六六〇年）、ようやく左衛大将軍蘇定方に詔して、神丘道行軍《しんきゆうどうこうぐん》大総管《だいそうかん》とし、左武衛将軍の劉伯英《りゆうはくえい》・右武衛将軍の馮士貴《ふうしき》・左驍衛将軍の龐孝泰《ほうこうたい》を率い、新羅の兵を動員して百済を討たせた。唐と新羅の軍は城山《じようざん》から海を渡った。百済の軍は熊津口《ゆうしんこう》を守っていたが、蘇定方はこれを強襲した。百済軍は大いに敗れ、唐軍は満ち潮に乗り、船に帆掛けて進撃し、真都城《しんとじよう》を目指し、あと一日分の行程を残した地点で止まった。百済軍はありたけの手勢を尽くして抵抗したが、唐軍はこれも打ち破り、斬った首級は一万余、ついに真都城の外郭に侵入した。…九月、長安にもどった蘇定方は捕らえた捕虜を引き連れて高宗に謁見した」

とある。

百済滅亡の後、『紀』によれば、斉明天皇六年（六六〇年）九月五日に百済からの救援要請を受け、翌年（六六一年）一月六日に西征して海路についたということだ。正月十四日に船は熟田津の仮の御所に到着した。だから、熟田津に到着後まもなく額田王が先の歌を歌ったとさ

れるのだろう。

その後、五月九日に筑紫の朝倉宮《あさくらのみや》に斉明天皇は移り滞在したが、同年「秋七月の二十四日に、天皇が朝倉宮で崩御なされた」とだけ記されている。そして、直後の「天智即位前紀」にも「斉明七年（六六一年）の七月二十四日に崩御なされた」と、斉明天皇の崩御が簡単に繰り返されて記されているだけだ。

この崩御に至る子細、例えば病の経過、また、遠征中のことなのだから何か遺言があってもよいのではと思われるのだが、まったく記載されていない。天智天皇や天武天皇、また持統天皇の、崩御までの経緯についての記述と比較すると、不自然とも言えるほど簡単な記述だ。

では、斉明天皇が率いた軍はどうなったのだろう。

『紀』の「天智即位前紀」によると、皇太子（天智天皇）は母斉明天皇の柩とともに都に帰ることはせず、筑紫国に留まったまま、海外の軍政に着手したという。そして、斉明七年（六六一年）八月、百済救援軍を派遣したという。前軍の将軍は大花下《だいくゑげ》（大化五年（六四九年））に制定された十九階の冠位の第八位）阿曇比邏夫連《あづみのひらぶのむらじ》と小花下《せうくゑげ》（十九階の冠位の第九位）河辺百枝臣《かはへのももえのおみ》等、後軍の将軍は大花下阿倍引田比邏夫臣《あへのひきたのひらぶのおみ》と大山上《だいせんじやう》（十九階の冠位の第十一位）物部連熊《もののべのむらじくま》、大山上守君大石《もりのきみおほいは》等だったという。また、武器や五穀を送ったと記されており、さらにこの記事に続けて、「或る本に、この文末に続けて別に大山下《だいせんげ》（十九階の冠位の第十二位）狭井連檳榔《さゐのむらじあぢまさ》、小山下《せうせんげ》（十九階の冠位の第十四位）秦造田来津《はだのみやつこたくつ》を遣わして、百済を守らせたという」とある。
二年後の白村江の戦いの天智二年（六六三年）に派遣された軍は前軍・中軍・後軍の三軍で二万七千人と記されているのだから、斉明七年（六六一年）八月に派遣された前軍と後軍の二軍は一万八千人ぐらいと考えるのが妥当だろう。

ところで『備中国風土記』の「邇磨《にま》の郷」にはつぎのように記されている。

「皇極六年（六六〇年）（実は斉明六年）に大唐の将軍蘇定方が新羅の軍を率いて百済を伐った。百済は使いを派遣して救援を請うた。天皇は筑紫に行幸して救援軍を出そうとした。時に天智天皇は皇太子で、摂政としてこの軍に従事して、下道《しもみち》の郡に宿った。ある郷で家や村がたいそう繁盛して栄えているのをご覧になり、天皇は詔を下して試しにこの郷の軍士を徴収すると、ただちに優秀な兵二万人が集まった。天皇は大変喜んで、この邑《むら》を名付けて二万《にまん》の郷といった。後に改めて邇磨《にま》という」

と。

斉明天皇が率いた軍は約一万八千人ではなかったかとさきほど書き記したが、この人数と邇《に》磨《ま》の郷で集めた二万の兵の人数はほぼ同じと考えてよいのではないだろうか。つまり、飛鳥《あすか》板蓋宮《いたぶたのみや》から西へ向かう途中、備中国内で兵を集めて筑紫国に向かったその兵たちこそ『紀』に記された斉明七年（六六一年）八月の百済救援軍だったのだろう。

ところが、大和政権軍からの援軍はもちろん、倭国からの援軍についても、草稿の『新唐書』はもちろんのこと、新羅・百済の歴史書にもなんの記述もない。

後の『三国史記』「新羅本紀」には、文武王元年（六六一年）八月・九月に数千名の百済の残兵を斬ったとあり、十月には平壌へ兵糧を輸送せよという唐の高宗の命令があったと記されているだけだ。百済の歴史書にも大和政権からの援軍のことはまったく書かれていない。しかも、先ほどの『備中国風土記』「邇磨《にま》の郷」の記事には、続けて、「その後、〈斉明〉天皇は筑紫の行宮に崩じたので、ついにこの軍は派遣しない」と記されている。

翌年の天智元年（六六二年）の新羅・百済の歴史書にも大和政権や倭国からの援軍のことはまったく記されていない。草稿の『新唐書』に、

「唐の竜朔《りゅうさく》二年（六六二年）七月、劉仁願《りゅうじんがん》らは百済の軍を熊津《ゆうしん》で打ち破り、支羅城を攻略し、夜のうちに真峴《しんけん》に迫り、夜明けにはその砦に攻め入り、敵の首を斬ること八百、かくして新羅軍の補給路はようやく通じた…」

とあるばかりだ。

大和朝廷軍はわが国を代表している軍隊ではない。しかし、この戦いでの軍隊は使節団とは異なる。唐、新羅そして百済にとっても、大和朝廷軍が参戦していれば倭国軍と映ったはずだ。結局、斉明七年（六六一年）八月に、中大兄王（後の天智天皇）が派遣したとされる百済救援

軍は「倭国軍」と同様、韓地に出兵しなかったのではないか。

事態がそうだったとすると、斉明天皇崩御の一年八ヶ月後である天智二年（六六三年）三月に白村江の戦いに向け出兵するまで、額田王が筑紫国に留まったと考えるのは困難だ。額田王は、斉明天皇の柩とともに行動したと考えるのが無理のない推測だろう。もし、筑紫国に中大兄王とともに留まったとしても、斉明天皇七年（六六一年）正月に額田王が詠ったとされる「熟田津に船乗りせむと月待てば　潮もかなひぬ今は漕ぎ出でな」という歌と白村江の戦いとを結びつけるのは、時間的にも困難だろう。すると、『万葉集』には、白村江の戦いに関わる大和政権の関係者による歌が一首も存在しないということになる。

ところで、わが国と百済の連合軍と唐・新羅の連合軍との戦いであった白村江の戦いは、わが国の歴史の片隅でちょっとあった小さな戦争ではない。

「天智二年（六六三年）八月十七日、新羅軍は百済の州柔《つぬ》に到着し、百済の王城を囲んだ。唐の将軍劉仁軌《りゅうじんき》は船百七十艘を率いて百済から黄海に注ぐ白村江に軍船を配置した。二十七日に日本の軍船と唐の軍船が交戦し、日本軍は負けて退いた」

これは『紀』に書かれている記事だが、後の『三国史記』「百済本紀」には、

「劉仁軌の言に従い、孫仁師《そんじんし》、劉仁願《りゅうじんがん》および新羅王の金法敏（文武王）は陸軍を率いて進軍し、劉仁軌および別師の杜爽《とそう》、また〈かつて百済国の王子で今は唐軍の一武将である〉扶余隆《ふよりゅう》

は水軍および軍糧の船を率いて熊津江から白村江に行き、陸軍と会って一緒に周留城《するじょう》に向かった。途中、倭国の兵と白江の入り口で遭遇して四度合戦したが、みな勝った。その舟四百艘を焼いた。その煙と炎は空を焦がし海の水を赤く染めた。百済王の扶余豊《ふよほう》は脱出して逃亡したが、行方が知れなかった。あるいは『高句麗に逃げた。その宝剣を得た』ともいわれた。王子の扶余忠勝《ふよちゅうしょう》と忠志《ちゅうし》らは、かれらの部下を率いて、倭軍とともに降伏した。しかし、遅受信《ちじゅしん》は任存城に拠って降伏しなかった」

とある。

さらに、『三国史記』「新羅本紀《しらぎ》」には、

「劉仁軌は劉仁願と合流して武装を解いて兵士を休ませながら、本国に増援軍を要請した。唐の皇帝高宗は右威衛将軍の孫仁師に詔勅を下して、これを派遣することにし、孫仁師は兵四十万を率いて徳物島（徳積島）に到着し、そこから熊津城に向かった。新羅の文武王は金庾《きんゆ》信《しん》ら二十八人あるいは三十人の将軍を率いて唐軍と合流し、豆陵（豆良）尹城、周留城などの諸城を攻撃して、みな陥落させた。百済王の扶余豊はひとりで逃げ、王子の忠勝と忠志などはその部下を率いて降伏してきた。しかし、ひとり遅受信は任存城に拠って降伏しなかったので、冬十月二十一日これを攻めたが勝てなかった」

とある。

そして、『唐書』「百済国伝」には、

「百済僧道琛《どうちん》、旧将の福信《ふくしん》は、兵を率いて周留城に拠り、抗戦する。使者を倭国に派遣して、王子扶余豊を迎え、立てて百済王とした。…扶余豊はまた使者を高麗および倭国に派遣して援軍を要請し、わが唐軍を防ごうとした。…孫仁師、劉仁願《りゅうじんがん》および新羅王の金法敏は、陸軍を率いて進軍し、劉仁軌および別師の杜爽、扶余隆は、水軍および軍糧の船を率いて熊津江より白村江に行き、陸軍と会って一緒に周留城に向かった。劉仁軌は、扶余豊の軍兵と白村江の入り口で遭遇し、四度合戦し皆勝った。その船四百艘を焚いた。敵軍は大敗北し潰えた。百済王の扶余豊は脱出して逃亡し、扶余忠勝、忠志等は士女および倭国の兵である倭衆を率いて投降した」

とある。

こうした記事から目を反らさない限り、百済はもちろんわが国にとっても、国の存亡に関わる大戦争だったということがわかる。焼失した舟だけで四百艘。九州から海を渡って韓地の南西部まで行き、しかも戦うわけだから、兵士と船の漕ぎ手を合わせれば一艘に五十人程度は乗り込んでいたと考えなければおかしいだろう。劉仁軌が率いた唐軍の船百七十艘の船には八千人の乗組員がいたというのだから一艘に約四十七人乗り込んでいたことになる。とすれば、舟の沈没・炎上による戦死者・行方不明者だけでも一万二千人から二万人だろう。そのうえ、陸戦、海戦によってわが軍の中から大量の戦死者、大量の捕虜が出たと記されている。当時のわが国の人口から想像してもひどい打撃を被ったはずだ。

　このように大戦争であったにもかかわらず、出陣した兵士、負傷した兵士、捕虜となりその後帰国した兵士、また、兵士を見送り帰還を待ちわびた妻、家族、恋人の歌が後の『万葉集』に一首も収められていないのはなぜか。『万葉集』には愛する人を恋う「相聞」、亡き人を弔う「挽歌」など、そうした人たちの歌を収めるのに、事欠かないのに。謎は深くなるばかりだった。

『唐書』は「倭国伝」と「日本伝」に別れていることについては既に（第二章　その三：倭国と日本国）記した。その「日本伝」には「日本国は倭国の別種なり」とあった。そして『唐書』「百済国伝」に登場する倭国・倭衆は日本国とは別であることも自明なこととしなければならない。私は途方に暮れるばかりだった。

　斉明七年（六六一年）八月に派遣したとされる百済救援軍の前軍の将軍大花下阿曇比邏夫連《あづみのひらぶのむらじ》と小花下河辺百枝臣《せうくゑげかはへのももえのおみ》等、後軍の将軍大花下阿倍引田比邏夫臣《あへのひきたのひらぶのおみ》と大山上物部連熊《だいせんじやうもののべのむらじくま》そして大山上守君大石《もりのきみおほいは》らはだれひとりとして戦死したり捕虜になったり、行方不明になったという記事は『紀』にはない。百済を守護させたという大山下狭井連檳榔《さゐのむらじあぢまさ》、小山秦造田来津《せうせんげはだのみやつこたくつ》についても同じだ。

　また、天智二年（六六三年）八月の白村江の戦いで、これほどの敗北を喫したのにもかかわらず、大和政権軍の前軍の将軍である上毛野君稚子《かみつけのきみわくご》・間人連大蓋《はしひとのむらじおおふた》、中軍の将軍である巨勢神前臣訳語《こせのかむさきのおみをさ》・三輪君根麻呂《みわのきみねまろ》、後軍の将軍である阿倍引田臣比邏夫《あへのひけたのおみひらぶ》・大宅臣鎌柄《おほやけのおみかまつか》のだれ一人として、戦死したり捕虜になったり行方不明になったという記事も『紀』にはない。中国、韓国《からくに》の歴史書を考慮しても、わが国の百済救援軍が白村江で戦ったことは事実であるのに。

もし、大和政権が本当に白村江の戦いに参戦していたならば、『紀』に戦いの迫真的な描写があってもよいのではないか。大将が戦いにおける勝敗の様子、軍人、兵馬、武器の損失、費用などを記録させ報告すべきことは、平安時代、「軍防令三十」に明記されている。時代が異なるとはいえ、たとえ敗戦であろうと、戦闘の記録は白村江の戦いにあっても存在したはずだ。その記録がほとんど残されていないということは、どう理解すべきなのか。

白村江の戦いでの捕虜に関する記事は『紀』に二箇所、『続日本紀』に一箇所ある。

『紀』天智天皇十年（六七一年）十一月十日の条には、

対馬の国司が使者を大宰府に派遣し、「この二日に、僧の道久《どうく》・筑紫君薩夜麻《さつやま》そして、韓島勝娑婆《からしまのすぐりさば》・布師首磐《ぬのしのおびといは》の四人が、唐から来て、『唐国の使者郭務悰《かくむそう》ら六百人、送使沙宅孫登《さたくそんとう》ら千四百人、合計二千人が船四十七隻に乗って、ともに巨済島《こじえど》の南西にある比知島《ひちしま》に停泊して「今、我らは人数も船数も多い。突然彼の地（大宰府のある地）に入港すれば、防人《さきもり》が驚いて矢を射て戦いをしかけてくるだろう」と相談したので、道久らを派遣して、あらかじめ来朝する旨を大宰府に伝えよ』と言いました」と申し上げた、とある。
また、『紀』持統四年（六九〇年）十月二十二日の条には、

軍丁筑後国の上陽《かみよう》咩《び》郡《ぐん》の人、大伴部博麻《おおともべのはかま》に持統天皇が詔して「斉明天皇の七年（六六一年）に、百済救済の戦役で、お前は唐軍の捕虜となった。天智天皇即位の三年（六七〇年）になって、土師連富杼《はじのむらじほど》・氷連老《ひのむらじおゆ》・筑紫君薩夜麻《さつやま》・弓削連元宝《ゆげのむらじげんぽう》の四人が、新羅を伐つという唐の計略を誤解し我が国を伐つと早合点して、これを報告しようと考えたが、衣服も食料もないため、報告できないことを悔やんだ。そのとき、博麻は土師連富杼らに語って、『私もあなたたちとともに本国に帰還したいが、衣服や食料がないために、一緒に帰国することはできない。どうか私の身を売って衣食に充ててほしい』と言った。富杼らは、博麻の提案どおりに朝廷に報告することができた。お前ひとりがそれから長く他国に留まり、今年で三十年になる…博麻の功績を顕彰しよう」と仰せられた、とある。

ここで、白村江の戦いのとき唐軍の捕虜になった筑紫君薩夜麻《さつやま》について、私見を書き記しておく。「熟田津に…」の歌の作者は、「筑紫君薩夜麻《さつやま》」と『紀』に記された倭国の王ではなかったか。白村江の戦いの八年後、唐国の使者郭務悰《かくむそう》ら六百人と送使沙《さ》宅孫登《たくそんとう》ら千四百人、合計二千人が船四十七隻に乗って威風堂々と筑紫国にやって来たのは、もと倭国の王の惨めな姿を人々に晒し、倭国が完全に敗北したことを知らしめるためだったのではなかったか。この唐の

船団は、倭国を監視下に置くための唐軍だったはずだ。

もちろん最初に唐軍がわが国にやって来たのはもっと早く、天智三年（六六四）年五月のことだ。「夏五月十七日に、唐の百済を鎮圧した将軍劉仁願は、朝散大夫である郭務悰等を派遣して、上表文を納めた箱と献上品を進上した」と『紀』には記されているが、この時、戦勝国の唐が敗戦国のわが国に上表文や献上品を進上するはずはなく、箱の中には降伏勧告書のようなものが入っていたはずだ。また、その送り先は日本国ではなく、倭国であったことだろう。

さらに、『続日本紀』慶雲四年（七〇七年）五月二十六日の条に、

「讃岐国那賀郡の錦部刀良《にしごりべのとら》・陸奥国信太郡の壬生五百足《みぶいおたり》・筑後国山門郡《やまとのこおり》の許勢部形見《こせべかたみ》らに、それぞれ衣を一襲《ひとかさね》と塩・籾《もみ》を賜った。昔、百済を救うために派兵したとき官軍は不利で、唐軍の捕虜となり、官有賤民とされ、四十年あまりを経てようやく解放された。刀良はここに至って、我が国の使者粟田朝臣真人《あわたのあそんまひと》らに会い、彼等に付いて帰朝した。その勤めの苦労を憐れんで、この賜り物があったのである」

と記されている。

これらの記事を読む限り、大和政権の主立った人物は一人も捕虜に含まれていない。そればかりか、道久《どうく》と布師首磐《ぬのしのおびといは》は『紀』の他の箇所には出てこないし、筑紫君薩夜麻《さつやま》はもちろん筑紫国の人物であり、韓島勝裟婆《からしまのすぐりさば》は豊前国《ぶぜんのくに》の人だ。さらに大伴部博麻《おおともべのはかま》も筑後の人だ。また、

士師連富杼《はじのむらじほど》は『紀』の他の箇所には出てこないし、氷連老《ひのむらじおゆ》は白雉四年（六五三年）の遣唐使節の一員で斉明七年（六六一年）に唐で唐軍の捕虜となった人物であり、弓削連元宝《ゆげのむらじげんぽう》は白雉五年（六五四年）の遣唐使節の一員で斉明七年にやはり唐で唐軍の捕虜となった人物である。さらに、錦部刀良《にしごりべのとら》・壬生五百足《みぶいおたり》・許勢部形見《こせべかたみ》はそれぞれ讃岐国、陸奥国、筑後国の人だ。遣唐使節の二人を除き、すべてが大和政権と関係がある人物とは思えない。地理的に大和から遠い国の出身者だ。捕虜はすべて「倭国軍」の成員だったのではないだろうか。

また、戦いの後には必ず論功行賞があるものではないだろうか。しかし、『紀』では、天智二年（六六三年）三月の記事に、「前将軍上毛野君稚子《かみつけのきみわくご》、間人連大蓋《はしひとのむらじおほふた》、中将軍巨勢神前臣訳語《こせのかむさきのおみをさ》、三輪君根麻呂《みわのきみねまろ》、後将軍阿倍引田臣比邏夫《あへのひけたのおみひらぶ》、大宅臣鎌柄《おほやけのおみかまつか》を遣して、二万七千人を率て、新羅を打たしむ」と、白村江の戦いにむけた陣容がはっきり明示されているが、この中で誰一人処分された者も論功行賞を与えられた者もいない。なぜか。唐が白村江の戦い（六六三年）で戦い徹底的に打ち負かしたのは、実は倭国であり、大和政権は参戦しなかったからだろう。

しかし、中大兄皇子は、日本の歴史上最も優れた政治家であり天皇の一人であることは間違いない。それどころか、私が宇多帝や醍醐帝にお仕えできたのも中大兄皇子のおかげだ。中大兄皇子は倭国が白村江の戦いで敗北した以後、大和政権を揺るぎないものとされた。白村江の戦い以後の大和政権は、天智三年（六六四年）の冠位二十六階の制定を初め、着々と政権の基盤を固めていった。天智―天武―持統天皇の時代はわが国の基礎が築かれた時代だったのだ。こうした大和政権の隆盛は、その戦いで南朝系とかつて通じていた倭国が没落し、大和政権が北朝系の唐と通じていたからこそ可能だったのだろう。

そうであるなら、倭国軍は実は連合軍であり、大和に本拠を置く政権は、推古天皇以来唐に対し朝貢をする関係にあり、大和政権とは別の倭国は、昔は隋とそしてつぎには唐と対立関係にあった。大和政権は倭国政権との力の差を考慮して、百済救済のため倭国との連合軍にいや、いやいやながら参加したのではなかったか。

こう考えると、さまざまな疑問が解けるように思う。斉明天皇の崩御について簡単な記述に終わっていたのはなぜか。斉明天皇の崩御（六六一年）にはある不自然さが伴っていた。だから、ただ「斉明天皇が朝倉宮で崩御された」と事実だけ記したのではないだろうか。

中大兄皇子は、政治的な謀のためには、殺生をすることを恐れない政治家だった。まだ皇太子であった時、皇極四年（六四五年）六月十二日、中臣鎌子（後の藤原鎌足）と謀り、大極殿で蘇我入鹿を暗殺し、蘇我一族の権勢を削いだことは周知のことだ。

しかし、それだけではない。『紀』によれば、同年（六四五年）九月三日、古人皇子《ふるひとのみこ》（古人大兄皇子《ふるひとのおおえのみこ》）が謀反を企てたと記されている。謀反は「国家つまり天皇を危うくせんと謀ること」をいう。時の天皇は孝徳天皇。古人皇子は、孝徳天皇が即位する直前に自分に皇位を譲ろうとしたことを知っていた。そのため、古人皇子は、皇位を辞退し、出家して吉野に入ったのだった。その人物が孝徳天皇を「危うくせんと謀る」だろうか。しかも、孝徳天皇が皇位についたのは六月十四日。まだ三ヶ月も経過してないのに。

同年（六四五年）九月十二日に吉備笠臣垂《きびのかさのおみしだる》という人物が自首して、

「吉野の古人皇子が蘇我田口臣川掘《そがのたぐちのおみかはほり》らと謀反を企てております。私もその仲間に加わりました」

と述べたという。

この発言をきっかけとして、九月十二日、中大兄皇子は古人皇子とその子を斬らせた。その妃妾《みめ》は縊死したという。古人皇子は舒明天皇と蘇我馬子の娘との間に生まれた。中大兄皇子とは異母兄弟の関係にあり、古人皇子は中大兄皇子の異母兄である。中大兄皇子は、古人皇子とその子を殺すことによって、皇極（重祚《ちょうそ》して斉明）天皇・孝徳天皇以後の皇位継承争いに関し、確固たる地位を築いたのではなかったか。

斉明四年（六五八年）冬、孝徳天皇のただ一人の皇子であった有馬皇子《ありまのみこ》は、中大兄皇子に謀反を疑われ、藤白坂《ふじしろのさか》で絞首刑になったが、この処断も、斉明天皇後の皇位継承争いに関し、中大兄皇子が確固たる地位を築くためのものだったのではないだろうか。

『万葉集』に有馬皇子のつぎの歌が載せられている。

磐代《いはしろ》の　浜松が枝を　弾き結び　ま幸《さき》くあらば　またかへりみむ（後の巻一、一四一）
〔磐代の　浜松の枝を　引き結んで　さいわい無事でいられたら　また立ち返って見よう〕

家にあれば　笥《け》に盛る飯《いひ》を　草枕　旅にしあれば　椎の葉に盛る（後の巻一、一四二）
〔家におれば　器に盛る飯を　旅にあるので　椎の葉に盛る〕

十九歳の皇子の死に、私は言葉を失った。

『紀』『万葉集』に記されたこうした中大兄皇子が関わる血生臭い事件を読んでいると、もしかすると、中大兄皇子は実母である斉明天皇をも政治的「野望」のために抹殺したのではないかと思うようになった。

ただし、「野望」とは言っても、自家権勢の伸張を図るという意味ではない。藤原一門の栄光を保ち、天皇家を助けるという運命を担っていたからでもあったのだろうが、とりわけ藤原氏の北家《ほつけ》繁栄のために、すさまじい権勢欲に燃える藤原良房殿、基経殿、時平殿のような人間の「野望」と、中大兄皇子の「野望」は異なる。大和政権が倭国政権に代わり新たな国を創るという野望だ。その国は、唐の律令制を模範とするものだった。現在私たちが目指してもいる中央集権的律令国家だ。この意味で中大兄皇子は現在のわが国の礎を築いた人物だったと言えるだろう。と同時に、新たな国の礎をつくることは天皇の神格化が始まることを意味した。この神格化の最たる時代が、天智・天武・持統天皇の時代だったように思う。

蘇我入鹿を暗殺し、蘇我一族の権勢を削いだのは大和政権の安定のためだった。異母兄である古人皇子や有馬皇子を殺害したのも、たんに皇位につきたいためではなく、大和政権が倭国政権に代わって日本を統治し繁栄させるためには、自らがいずれ皇位についた方がよいと考えたからではなかったか。かつて、蘇我入鹿暗殺直後、皇極天皇は皇位を中大兄皇子に譲ろうとしたが、皇子は鎌子（鎌足）の意見に従い、皇極天皇の同母弟である軽皇子《かるみこ》（後の孝徳天皇）に即位を勧めたというのも、ただ自らが皇位に就くことだけを欲していたわけではないことを示していよう。また、斉明天皇亡き後、天智七年（六六八年）までの七年間、後継者である中大兄皇子が即位の式を挙げずに政務を執る「称制《しょうせい》」をされたのも、いたずらに皇位を継承することが目的ではなかったからなのだろう。

中大兄皇子は倭国軍と連合して百済救済のため、唐・新羅連合軍を伐つべく、ご母堂であられる斉明天皇率いる約二万の兵とともに筑紫までやって来たが、朝貢関係にある唐と戦う意志など毛頭なかった。いやいやながらの出兵だったので、韓地に出兵しない口実をなんとか見つけなければならなかった。

斉明天皇が突然崩御なされたのは、皇子の策略のためだったのではないか。わが国における第二の雄である大和政権、その大和政権の指導者、中大兄皇子が、

「喪に服すため韓地には出兵できません。そのかわり、敵軍がわが国に侵攻した場合を想定して、この倭国の防衛態勢を築かせてください」と倭国政権の王者である薩夜麻《さつやま》に申し出れば、これ以上の説得力ある出兵拒否の口実はなかったのではないだろうか。または、斉明天皇ご自身が時勢を敏感にとらえ、自ら命をお絶ちなされたということも考えられる。いずれにせよ、出兵拒否の口実のため斉明天皇は崩御されたのだと思われる。

『紀』によれば、白村江の戦いでの敗戦後の天智三年(六六四年)に、対馬・壱岐に烽火台《のろしだい》を造ったり、筑紫に、太宰府防御のために唐里で二里以上に及ぶ土塁の水城《みずき》を造ったとされるが、これはもしかすると、天智軍が喪に服して韓地に出兵しない代わりに、筑紫にあって倭国政権の拠点の防備に当たった結果出来たものではなかったか。したがって、本来、時間的には斉明天皇が亡くなられた斉明七年（六六一年）七月以降で白村江の戦いに敗れた頃（六六三年）までの二、三年の間に出来たものではなかったか。これは推測の域を出ないが、考えられないことではない。この時、百済の義慈王二十年（六六〇年）六月以降、倭国に庇護を求めてきた多くの百済人が、この防備作業に加わった可能性は高い。

対馬・壱岐に烽火台を造ったり、筑紫に水城を造ったりすることが意味を持つのは、白村江の戦いという大戦争の前またはその只中であって、その敗戦後では意味をなさないからだ。また、天智三年（六六四）年夏五月十七日に、百済を鎮圧した唐の将軍劉仁願は、朝散大夫である郭務悰《かくむそう》等をわが国に派遣したとあったが、この時、郭務悰一行はまず対馬そして筑紫国に入ったはずだから、その頃に唐・新羅に対する防衛のため対馬・壱岐に烽火台を造ったり、筑紫に水城を造っていたとすれば、郭務悰一行に抗戦態勢を知られてしまうことになるはずだからだ。

したがって、『紀』の「天智即位前紀」には、天智天皇は母斉明天皇の柩とともに都に帰ることはせず、筑紫国に留まったまま、派遣軍の指揮を執ったと記されているが、その内実は、筑紫にあって倭国政権の拠点の防備作業を指揮したということではなかったか。大和政権軍の主立った人物たちが、戦死もせず捕虜にもならず、論功行賞の対象にもならず、処罰されることもなかったのも、そして『備中国風土記』中、「その後、〈斉明〉天皇は筑紫の行宮に崩じたので、ついにこの軍は派遣しない」と記されている事態も、こう解釈すると、理解できるのではないか。

そして何よりも、後の『万葉集』の中に、白村江の戦いに出兵した兵士、捕虜となりその後帰国した兵士、また、兵士を見送り帰還を待ちわびた妻、家族、恋人の歌が一首も収められていない理由も明らかになったのではないかと思う。

その三：天の香具山

『万葉集』巻一、二につぎの歌がある。

〈舒明〉天皇、香具山に登りて望国《くにみ》したまふ時の御製歌《おほみうた》

大和（「山常」）には　群山《むらやま》あれど　とりよろふ（「取与呂布」）　天の香具山　登り立ち
国見をすれば　国原《くにはら》は　煙《けぶり》立ち立つ　海原《うなはら》は　かまめ（「加万目」）立ち立つ　うまし国そ
あきづ島（「蜻嶋《あきづしま》」）　大和（「八間跡」）の国は

〔大和には　群山があるが　とくに良い天の香具山に　登り立ち　国見をすると　広々とした平野には竈《かまど》から煙があちこちから立ち昇っている　広々とした水面に　は　鷗が盛んに飛び立っている　ほんとうに結構な国だ　あきづ島　大和の国は〕

本当だろうか。高視たちの祖先の地は大和国添下《そうのしも》郡《こおり》菅原（奈良市菅原町）だ。「菅原」という姓《せい》は、この地の地名から頂いたものだ。そこが先祖の故郷であるため、私は幾度となく大和国に足を運んでいる。しかし、そこで鷗を見たことなどなかった。また、鷗のことを「かまめ（「加万目」）」と呼ぶのは豊後地方においてだと豊後で少年時代を過ごした門弟から聞いた

ことがある。

「とりよろふ（「取与呂布」）」とは「満ち足りて備わっている」という意味だ。たしかに、大和の天の香具山は神聖な山であり、特に、干魃の際には雨乞いの丘として崇められてはいるが、大和の群山のなかで天の香具山が「とりよろふ」とは思えない。大和三山自体が小山といえるほどの小ささで、天の香具山はその中でも二番目の高さでそう目立たない山なのだから。この歌は本当に大和国で歌われたものなのだろうか。

「山常」を「やまと」と読む例は『万葉集』の中ではこの一例のみだ。「常」は「常世《とこよ》」の「とこ」とも読むから「やまと」と読めないこともないけれど、「つね」とも読むから「やまね」と読めないこともない。「常」を「ね」と読む例は『万葉集』には他にもある。こう読めば、「山の麓」の意になる。

また、その門弟が言うことに、「蜻《あき》」とは豊後の国の別府湾付近のことを言うとのことだ。そこには「安岐《あき》川」があり、「安岐」という地名があるという。だから、別府湾内から見た豊後国のことを「あきづ島」（「蜻嶋《あきづしま》」）と言ったのではないだろうか。「嶋」とは「州《くに》」と同じく、「或る地域」をいい、「づ」はもちろん「津《つ》（湊《みなと》・港）」が濁ったものだ。「あきづ島」とは「安岐の港のある州《くに》」という意味だろう。

「国原は　煙立ち立つ」とは天の香具山に登って上から見ると、「広々とした平野のあちこちの温泉から湯気が立ち昇っている」という意味ではないか。対句となっているつぎの「海原はかまめ立ち立つ」も自然現象であることを考えると、先の「煙」も「竈からの煙」ではなく、「温泉からの湯気」と考えた方が無理がない。

「海原は　かまめ立ち立つ」の「海原」とは大和の国の天の香具山の西麓にある小さな「埴安《はにやす》の池」のことだとしたら、その池は大和の国の小さな天の香具山の頂からも見えない小池であり、「海原」と詠うのには大袈裟すぎる。埴安の池は昔はもっと大きかった、磐余《いわれ》の池などの多くの池があったなどと人は言うかもしれない。それらの池を全体として海とみなし、この辺りを飛ぶ白い水鳥を鷗とみなしたのだろうと考える人もいるかもしれない。だが、それは牽強付会だ。そうではなく、別府湾を含む海原のことだろう。渡り鳥の鷗が休息するところとしても別府湾は有名だと門弟は言っていた。とすれば、「広々とした平野のあちこちの温泉から湯気が立ち上っている」と「広々とした海原には鷗が盛んに飛び回っている」とが無理なく対応するのではないか。

では肝腎の「天の香具山」は豊後の国にあるのか。

豊後国を「安萬《あま》」とも言う。「天《あま》」と同音だ。ところで、『紀』には繰り返し「天の香具山」が登場する。その数八回。そのうち、明らかに「山」であるのが七回、神の名として登場するのが一回だ。後者は天照大神の孫である瓊瓊杵尊《ににぎのみこと》、その兄である天火明命《あまのほのあかりのみこと》の子どもの名だ。

つまり瓊瓊杵尊の甥にあたるのが天香具山《あまのかぐやま》だ。この神は尾張連《おわりのむらじ》らの遠い先祖にあたるという。

一方、山の「天の香具山」からは鉱物が産出され、それで矛を作っているし、また、その山でとれるきめの細かい粘土である埴《はに》を使って神聖な平たい土器である天平瓮《あまのひらかや》を作ったり、山の榊《さかき》を使って八尺鏡《やたかがみ》や勾玉《まがたま》などを飾るという神聖な山でもあると記されている。

しかも、『伊予国風土記』によれば、

「郡の役所より東北の方角に天山《あまやま》がある。天山と名づけている理由は、倭の国に天《あま》の加《か》具山《ぐやま》がある。天からその山が降ってきた時に二つに割れて、片方は倭の国に天降った。片方はこの伊予の国に天降った。これが天山と名づけている本縁である」

と記されている。

「天の香具山」は神聖な場所であるとともに、鉱物や粘土が採れ、しかも名だたる火山だろう。大和の国にある天の香具山は神聖な場所ではあるが、鉱物や粘土が採れるところではないし、まして火山に関係した山だとはとても言えない。わが国では、火山灰は必ず西から東方面へと移動するから、伊予国に火山灰が降り注ぐとすれば、その火山は伊予の西にあるはずだ。

『伊予国風土記』にある「倭の国」が大和ではなく九州であることは間違いないだろう。

では、九州にあって伊予国に近いそんな火山が、しかも別府湾付近にあるだろうか。

『日本三代実録』の中で、私は、天の香具山と同一の山と思われる鶴見岳（鶴見山）について記録していた。この山のことを書き記す前に、高視たちに『日本三代実録』について少し書き残しておく。

寛平四年（八九二年）五月一日に『日本三代実録』の編輯を開始した。宇多帝の勅命による、清和・陽成・光孝天皇の三代にわたる正史で、『紀』から数えて六番目にあたっていた。当初の編者は、藤原時平殿、源能有《みなもとのよしあり》殿、大蔵善行《おおくらのよしゆき》殿、三統理平《みむねのまさひら》殿と私だった。しかし、寛平九年（八九七年）には、国家財政の改革にも取り組まれ撰国史《せんこくし》総裁でもあった右大臣源能有殿が薨去されてしまった。そのため、醍醐帝より改めて時平殿、善行殿、理平殿と私が編輯の継続を命ぜられたのだった。

編纂は昌泰三年（九〇〇年）末にはほぼ終了した。おもに私が執筆したが、それはやむを得なかった。時平殿は実質的には名誉総裁であり、善行殿は寛平四年（八九二年）にはすでに六十一歳であり、理平殿は途中で地方官に転出されたのだから。しかも、私が個人的に編輯した『類従国史』は『日本三代実録』の編纂が開始された九日後の寛平四年（八九二年）五月十日は完成していたので、執筆の中心になるよりほかなかったのだ。私にとっては同時代史を記録した正史という意味で、思い出深いものになった。しかし、『日本三代実録』がいつ醍醐帝に撰進奏上されたのかはわからない。その前に左遷されたからだ。

その『日本三代実録』の貞観九年（八六七年）二月二十六日の条で私はつぎのように記した。

大宰府の報告によれば、「従五位上火男神《ほのおのかみ》と従五位下火売神《ほのめのかみ》の二神の社は豊後国の速見郡鶴《つる》見《み》山の嶺にある。山の頂に三つの池があって、一つの池は泥《にご》って水の色が青く、一つの池は黒く、一つの池は赤い。去る正月二十日に池が震動し、その音は雷鳴のようであり、暫くして硫黄のような臭いが国内に遍《あまね》く満ち、大きな石が飛び乱れる様子は数限りなく、大きい石は方丈（三メートル四方）、小さい石も水や酒を入れる甕《かめ》のようで、昼は黒雲で蒸し、夜は炎火が熾《も》え、石の砕けた細かい粒子や泥が雪のように散って数里にわたり積もった。池中に源泉が湧き出した。泉の水が沸騰して自然と河流を成し、山中の道路は往来が不能となった。温泉の水が多くの川に入って、魚が千万数死に、震動の音は三日にわたって鳴り響いた」

と。

豊後国の鶴見岳が貞観九年（八六七年）二月に大爆発したのだった。この豊後国の鶴見岳（鶴見山）こそ「天の香具山」ではないか。神聖な山であり、火山であり、鉱物の宝庫だ。埴《はに》も採れる。鶴見山の西方には由布岳《ゆふだけ》もある。温泉が豊富に湧くところだ。また、鷗が飛び交う別府湾を眺めやることもできるのだから。

そして最後に問題となるのが「八間跡」だ。「やまと」と読むこともできるが、『万葉集』のなかでは普通、「やまと」は「山跡」「夜麻登」と記しており、「八間跡」を「やまと」と読むのはここ以外に他に例がなく、無理がある。だから「はまと」と読んだほうが無理がないのではないか。別府湾の海岸部には「浜〜」「〜浜」という地名が多いという。「浜脇《はまわき》（浜湧き）」という温泉地区もあるそうだ。しかも、「八間跡」の「跡」は昔は浜だったところという意味ではないか。土砂の堆積によって、詠われた当時には浜でなくなったところという意味だろう。こう解釈すれば、『万葉集』巻一、二の意味は、

〔天の香具山（鶴見岳）には　枝葉を形作る多くの山が群がっているけれど
なかでも満ち足りて備わっている中心にある山は　天の香具山（鶴見岳）だ。
その天の香具山に登り立って国見をすると
広々とした平野のあちこちの温泉から湯気が立ち昇っている
海原では一面に鴎が飛び立っている。
素晴らしい国だ。蜻嶋《あきづしま》（豊後）のこの浜跡の国は〕

ということになるだろう。

だから、「〈舒明〉天皇、香具山に登りて望国《くにみ》したまふ時の御製歌《おほみうた》」という詞書《ことばがき》は、この歌と対応していないと言えるのではないだろうか。

では、天の香具山を詠ったつぎの歌はどうなるのか。

後の『万葉集』巻一、二八

天皇御製歌

春過ぎて夏来たるらし白妙の　衣干したり天の香具山

〔〈持統〉天皇のお歌

春が過ぎて　夏が来たらしい　真っ白な衣が干してある　天の香具山に〕

藤原宮から大和の天の香具山まで、直線で唐里で約二里（九百メートル）、天の香具山は見えるが、果たして干してある真っ白な衣まで見えるだろうか。白い点としてしか見えないのではないか。大和の天の香具山には高龗神《たかおかみのかみ》と国常立命《くにのとこたちのみこと》の二つの社殿があるが、祠《ほこら》であり、神社ではない。したがって、そこで宮司や禰宜《ねぎ》や巫女が生活していたはずはない。しかも、この小さな丘は神聖な丘とされ、雨乞いの丘だ。普段、人が住むことなどありはしない。だから、この天の香具山に衣を干すことなどあり得ない。やはり、この天の香具山も鶴見岳のことではないだろうか。

鶴見岳は今でも四百五十丈（約一三五〇メートル）ほどの高山だが、噴火した貞観九年（八六七年）以前にはもっと高かったはずだ。従五位上、火男神《ほのおのかみ》、従五位下、火売神《ほのめのかみ》の二社が貞観九年（八六七年）に鶴見山嶺にあるというのだから、それ以前からこれら二つの神社は存在して、火山である鶴見岳の怒りを鎮めるために祀られていたと推量するのは至極当然のことではないか。しかも、その神社に仕える宮司や禰宜や巫女の真っ白の衣が干されているのを見て、この鶴見岳にやって来た作者は夏の到来をしみじみと感じ取ったのではなかったか。もちろん、その作者が持統天皇であるはずがない。

その四：柿本人麿

『紀』や『続日本紀』と対照しながら草稿の『万葉集』を読み進めた時、いろいろなことを考えさせられた。その一つに、柿本人麿殿のことがあった。

『紀』は天武朝の理想の歴史を語った。理想としての歴史を語るために、事実を犠牲にしたこともあったと前に書き記した。人麿殿は、歌の世界において、この天武朝の繁栄を詠い、持統天皇を神として崇め奉る歌を詠う宮廷歌人として、華々しく歌の舞台に登場したのではなかったか。

実は、人麿殿の生誕年はむろん没年もわからない。生誕年が不明というのはやむを得ないかもしれない。だが、後の『万葉集』にこれほどにその歌が載せられ、しかも私が見る限り非常に優れた歌を詠じた歌人の、その没年がなぜわからないのかが不思議だ。『紀』『続日本紀』ともに人麿殿についての記述がまったく無いのだ。

『万葉集』の中で、人麿殿の制作年のわかる最初と最後の歌を詞書で追う限りは、持統三年(六八九年)と文武四年(七〇〇年)のものだ。ともに、持統天皇のご在位の頃(称制六八六年～六九〇年）（天皇六九〇年～六九七年）とご存命中（六四五年～七〇二年）の歌の詞書だ。

日並皇子尊《ひなみしのみこのみこと》の殯宮《あらきのみや》の時に、柿本朝臣人麻呂の作る歌一首　并《あは》せて短歌

（後の巻二、一六七の詞書）

明日香皇女《あすかのひめみこ》の城上《きのへ》の殯宮の時に、柿本朝臣人麻呂の作る歌一首　并《あは》せて短歌

（後の巻二、一九六の詞書）

日並皇子尊とは、天武帝と後に天皇になられる持統帝との間の皇子である草壁皇子《くさかべのみこ》のこと。この皇子が亡くなられたのは、『続日本紀』によれば持統三年（六八九年）四月のことだ。明日香皇女は天智天皇の皇女で、『続日本紀』によれば文武四年（七〇〇年）三月に亡くなられた。このお二人の殯《もがり》を執り行ったとき、人麿殿が詠じた歌だと記されている。ただし、疑問も残る。というのも、城上《きのへ》（原文では「木瓲《きのへ》」。）がどこなのか、大和方面で探す限り見つからないからだ。これらの詞書も素直に受け取れないかもしれない。

また、人麿作のほかに他の人の作も加えて編輯された『人麻呂歌集』に収められている、大宝元年（七〇一年）九月の持統天皇の紀伊国行幸時の短歌一首（後の巻二、一四六）が、人麿殿に関連した制作年のわかる最後の歌だ。この歌は人麿殿の作とは言い切れないが、それでも『人麻呂歌集』に収められた制作年のわかる最後の歌なのだから、この歌をその歌集に収めた後、しばらくして人麿殿はこの世を去ったのではと想像される。

『紀』によれば、かつて、天武二年（六七三年）五月の詔で、天武天皇は、「そもそも、初めて宮仕えしようとする者は、先づ舎人《とねり》よりも身分や能力の優れた大舎人《おほとねり》として仕えさせよ。その後、その才能を選別して、ふさわしい職に就かせよ」と命じたとあるが、後の養老軍防令によれば、舎人の任用規定は二十歳前後なので、この頃人麿殿が二十歳くらいで大舎人《おほとねり》として出仕し、後に宮廷歌人として大成したとすれば、孝徳天皇の白雉四年（六五三年）の頃に生まれ、六十歳になる前に没したことになるだろうか。しかし、人麿殿が宮廷歌人として華々しく活躍するのは持統天皇時代であり、しかも、後で記すが、人麿殿は大和朝廷に出仕する前にすでに歌人としてその才能を広く認められていたと推察されるので、天武時代（在位六七二年〜六八六年）末期に四十歳くらいで出仕したと考えるのが現実的だろう。没年はやはり六十歳前後であったと考えていいように思う。いずれにしても、あれほどまでに多数の名歌を残した歌人で、しかも宮廷歌人として大成したはずの人麿殿が、いつ亡くなったのかまったく記録に残されていないというのが、どうしても不思議だった。

私はその輝かしい宮廷歌人としての人麿殿の、例えばつぎのような歌の中に、同時に悲劇の兆しを見た。

天皇《すめらみこと》、雷《いかづち》の岳《をか》に出でます時に、柿本朝臣人麻呂の作る歌一首

皇《すめろぎ》は　神にしませば　天雲《あまくも》の　雷《いかづち》の上に　廬《いほり》せるかも（後の巻三、二三五）

右、或る本に云はく、忍壁皇子《おさかべ》に献《たてまつ》れるなりといふ。その歌に曰く、
「王《おほきみ》は神にしませば　雲隠る　伊加土山《いかづちやま》に　宮敷き座《いま》す」

大和国添下《そうのしも》郡菅原（奈良市菅原町）から唐里で約七十里弱（約三十㎞）南の明日香にも足を伸ばしたことがあり、雷の丘付近にも出かけた。だから、この歌にある種の違和感を感じないわけにはいかなかった。詞書を踏まえれば、前者の歌は、「持統天皇は現人神であらせられるので、天雲の雷の岳に仮りの宮をつくっていらっしゃる」と読める。まさに宮廷歌人としても人麿殿の面目躍如たる歌だ。持統天皇が明日香方面の国見のため行幸された際、雷の岳で廬を結ばれた。つまり、小休止のため仮に造った四阿《あずまや》でご休憩なされたということなのだろう。その行幸に従駕した人麿殿がこの歌を詠った。たしかに、持統天皇を讃える歌のように読める。

しかし、「雷の岳」は高さわずか三丈ちょっと（一〇メートル《メー トル》ほど）だ。神でなくとも、休憩くらい容易にできる場所だ。「天雲の」と修飾されるほどの空高く望む山でもない。その丘を「丘」ではなく「岳」と記すのも奇妙だ。しかも、何よりも、「皇は　神にしませば」とは、「かつて天の下を統べ治めた天子」が、「死してのち、今は神として祀られていらっしゃるので」の意なのだから、「持統天皇は現人神でいらっしゃるので」というのでは字義に反する。『万葉集』に、「弓削皇子《ゆげのみこ》の薨《こう》ずる時に、置始東人《おきそめのあづまと》の作る歌一首　并《あは》せて短歌」という詞書のもと、その短歌に、

王《おほきみ》は　神にしませば　天雲《あまくも》の五百重《いほへ》の下に　隠りたまひぬ（後の巻二、二〇五）

〔わが大君は　神でいらっしゃるので　天雲の五百重の奥に　お隠れになった〕

と詠われている。

ここでは、「王《おほきみ》は　神にしませば」とは、「弓削皇子《ゆげのみこ》が死してのち、今は神でいらっしゃるので」の意だ。けっして「弓削皇子が現人神でいらっしゃるので」の意ではない。だから、「持統天皇は現人神でいらっしゃるので」という理解ではどうしても納得がいかなかった。

あるとき、父親が太宰府の少弐《しょうに》であった関係で、筑紫で青年時代を過ごした門弟から話を聞いたことがある。筑紫国には雷山《らいざん》という山が太宰府の酉《とり》の方《かた》（西方）、唐里で約六十里（約二七㎞）のところにあり、その高さは約三百二十丈（約九六〇米《メートル》）ほどとのことだ。平地は低地で、山は連なっているとはいえ低山ばかりの筑紫国の中でひときわ高く聳える山だという。

「その山中には雷《いかづち》神社があり、その上宮・中宮・下宮の三社が山中に配されてございました。上宮は天の宮とも呼ばれ、中央に天照大神の皇孫で筑紫の地に降臨されたという瓊瓊杵尊《ににぎのみこと》、左に天神七柱、右に地神五柱が祀られてありました。この山の頂付近から、子《ね》（北）の方には玄界灘がひらけ、艮《うしとら》（北東）の方に志賀島や能古島が見える博多湾が広がり、酉（西）の方には唐津湾がよく見えました。荘厳な雰囲気が漂っていたことを記憶しております。ただ、晴れる日が少なく、雲で覆われることが多いと土地の人は申しておりました。私どもが登りましたときは運が良かったとのことでした」
とその門弟は言った。
筑紫の雷山ならば、天雲に覆われる光景もしばしばのことだろう。また、瓊瓊杵尊をはじめ倭国の天子たちが死して後、この雷山の上宮に祀られたことだろう。とすれば、
皇は　神にしませば　天雲の　雷の上に　廬せるかも
という歌は、「かつて天の下を統べ治めた天子が、死してのち、今は神として祀られていらっしゃるので、天雲に覆われることの多いここ筑紫国の雷山《いかづちやま》で、あたかも庵を結ばれていらっしゃるかのようであることだ」という意味の歌なのだろう。
王《おほきみ》は神にしませば　雲隠る　伊加土山に　宮敷き座す
という歌は、「王は死してのち今は神として祀られていらっしゃるので、天雲で覆われたここ筑紫国の雷山で、仮の宮殿を造られていらっしゃいます」という歌なのだろう。
雷山が筑紫国の山であるならば、これらの歌は持統天皇が雷の丘に行幸なされた時の歌でもなく、忍壁皇子に奉った歌でもないことになる。人麿殿が生まれたのは、正確にはわからないが、孝徳天皇の白雉年間（六五〇年～六五四年）の頃だろう。まだ白村江の戦い以前の倭国は活気に溢れていたことだろう。白村江の戦いでの敗戦（六六三年）後、太宰府は、戦火に塗《まみ》れなかったとはいえ国都としての存立は危うく、杜甫の詩のとおり「國破れて山河在り　城春に

して草木深し」の状態だったのではなかったか。

人麿殿は、倭国に興隆をもたらした瓊瓊杵尊をはじめとする天子たちが祀られた雷神社の上宮に祈りを捧げるとともに、荒れ果てた都、疲弊し尽くした人々のこと、戦いで死んでいった兵士たち、離散した家族の窮境に思いを馳せて、詠った歌だったのではないか。

つぎは、草壁皇子を神として讃えた長歌。

日並皇子尊《ひなみしのみこのみこと》の殯宮《あらきのみや》の時に、柿本朝臣人麻呂の作る歌一首并《あは》せて短歌（後の巻二、一六七）

天地《あめつち》の　初めの時　ひさかたの　天《あま》の河原に　八百万《やほよろず》　千万神《ちよろづかみ》の　神集ひ　集ひ座《いま》して　神分《わか》ち　分《わか》ちし時に　天照らす　日女《ひるめ》の命《みこと》〔一に云ふ、さしのぼる日女の命〕　天《あめ》をば　知らしめすと　葦原の　瑞穂《みづほ》の国を　天地の　寄り合ひの極み　知らしめす　神の命と　天雲《あまくも》の　八重《やへ》かき別《わ》きて　〔一に云ふ、天雲の八重雲別きて〕　神下《かむくだ》し　座《いま》せまつりし　高照らす　日の皇子《みこ》は　飛ぶ鳥の　清御《きよみ》原の宮に　神ながら　太敷《ふとし》きまして　天皇《すめろき》の　敷きます国と　天の原　石門《いはと》を開き　神上がり　上がり座《いま》しぬ　〔一に　云ふ、神登りいましにしかば〕　我が王《おほきみ》　皇子の命《みこと》の　天の下　知らしめしせば　春花の　貴《たふと》からむと　望月の　満《たたは》しけむと　天の下　〔一に云ふ、食《を》す国〕　四方《よも》の人の　大船の　思ひ憑《たの》みて　天つ水　仰ぎて待つに　いかさまに　思ほしめせか　由縁《つれ》もなき　真弓の岡に

宮柱《みやばしら》　太敷き座《いま》し　御殿《みあらか》を　高知りまして　朝ごとに　御言《みこと》問はさぬ　日月の　数多《まね》くなりぬる　そこゆゑに　皇子の宮人《みやびと》　行方知らずも　〔一に云ふ、さす竹の皇子の宮人　ゆくへ知らにす〕

〔天地の初めの時、天の河原で　多くの神々が　集まって　神を高天原に残る神と　新天地の開拓を目指す神とを　分ける時に　天照大神は　〔一に云う、さしのぼる日女の命は〕　天の世界を　お治めになるとて、この瑞穂の国の地の果てまで　お治めになる神として、天雲をかき分けて　〔一に云う、天雲の八重雲をかき分けて〕下し置かれた　日並皇子〈草壁皇子〉は、この国は　飛鳥の清御原の宮に神として　神々しく　国を領せられている　母持統天皇が　お治めになる国であるとして　天の原の　岩戸を開いてお隠れになってしまった〔一に云う、天の原にお登りになった〕。この日並皇子が　天下をお治めになるのだったら　春の花のように　貴いであろうにと　満月のように　満ち足りて盛んであろうにと　天下の〔一に云う、お治めになる国の〕四方の人々が　頼みに思って　日照りの空に慈雨を待つように仰ぎ待っていたのに　日並皇子は　何とお思いになってか　ゆかりもない　真弓の岡に　殯《あらき》の宮をお作りになって　朝のお言葉もない月日が　長く過ぎ去ってしまった　そのため　皇子に仕える宮人は　これからどうしてよいか　わからないことだ〔一に云う、皇子の宮人らは　途方に暮れている〕〕

天武・持統天皇とその皇子である草壁皇子とを、天照大神以来の皇統を継承する正統者として讃え、草壁皇子が夭逝しなければ、天の下は春の花のように貴く、満月のように満ち足りて欠けることが無かったろうと賛美し、その死を惜しんでいる。この歌が歌われるのを聴いて、冥界の天武天皇は無論、持統天皇も、薨去された草壁皇子を思い起こして悲しみの涙に暮れなされたことだろう。人麿殿の宮廷歌人としての地位は、一見揺るぎないものだったに違いない。

だが、『紀』を講書した私には、この歌には大きな疑問が残った。

「瑞穂の国を　天地の　寄り合ひの極み　知らしめす　神の命と　天雲の　八重かき別きて〈一に云ふ、天雲の八重雲別きて〉　神下し　座せまつりし　高照らす　日の皇子〔この瑞穂の国の地の果てまで　お治めになる神として、天雲をかき分けて　〔一に云う、天雲の八重雲をかき分けて〕　下し置かれた　日並皇子（草壁皇子）〕」の部分にどうしても納得できなかった。なぜなら、『紀』を読めば容易にわかることだが、天照大神が瑞穂の国に遣わしたのは、日並皇子ではなく、皇孫の瓊瓊杵尊《ににぎのみこと》だったからだ。

『紀』ではつぎのように繰り返し、下し置かれたのが瓊瓊杵尊であることを語っている。

・皇孫瓊瓊杵尊は天磐座《あまのいわくら》を押し離ち、また天の八重雲を押し分けて、威風堂々と良き道を選り分け選り分けて、日向の襲《そ》の高千穂峰《たかちほのたけ》に天降《あまくだ》られた。（第九段正文）

・〈猨田彦大神《さるたひこのおおかみ》は〉「天神《あまつかみ》の御子瓊瓊杵尊は、筑紫の日向の高千穂《たかちほ》の槵触峰《くしふるのたけ》にお着きになるだろう。私は伊勢の狭長田《さながた》の五十鈴川《いすずがわ》の川上に着くことになる」という。

（第九段一書第一）

・天津彦火瓊瓊杵尊《あまつひこほのににぎのみこと》は、日向の槵日《くしひ》の高千穂の峰に天降られて、……

（第九段一書第二）

・〈瓊瓊杵尊は〉降って行かれ、日向の襲《そ》の高千穂の槵日《くしひ》の二上峰《ふたかみのたけ》の天浮橋《あまのうきはし》に着き、浮島の平らな地に降《お》り立たれ…

（第九段一書第四）

・〈瓊瓊杵尊が〉降臨され到着された所を呼んで、日向の襲の高千穂峰の添《そほり》の山の峰という。

（第九段一書第六）

瓊瓊杵尊が降臨したところは大和国ではありえない。『紀』によれば、筑紫国あるいは九州に瓊瓊杵尊が降臨した後、はるかな時間が過ぎ、神日本盤余彦尊《かむやまといはれびこのみこと》（後の神武天皇）たちがこのあたりから出発して遙か東方の大和の方に向かったと記されている。だから、「日並皇子尊の殯宮の時に、柿本朝臣人麻呂が作る歌」には、瓊瓊杵尊が筑紫国あるいは九州に降臨した後、神日本盤余彦尊たちが大和の方に向け出発したことが省略されている。さきほど、

皇は　神にしませば　天雲の　雷の上に　廬せるかも

王は神にしませば　雲隠る　伊加土山に　宮敷き座す

の歌について、雷山が筑紫国の山であるならば、これらの歌は持統天皇が雷の丘に行幸なされた時の歌でもなく、忍壁皇子に奉った歌でもないことになると私は書き記した。これらの歌

の詞書に細工が施されていることになる。同様に、「日並皇子尊の殯宮の時に、柿本朝臣人麻呂の作る歌」の長歌にも本歌の一部を削除するという細工が施されたのではなかったか。人麿殿の本歌を利用しながらも、作者人麿殿を遠ざけようとしたのではないか。なぜなら、削除した本歌の一部から倭国の存在が垣間見えるからだ。だからこそ、本歌の部分的削除や詞書や左注によって、大和での歌であると主張しようとしたのではなかったか。残念なことだ。

また、人麿殿は元来倭国に仕えた歌人だったのではないか。

そうだとすれば、人麿殿は迫害に晒される運命にあっただろう。

私は、「詩臣」でもありたいと思っている。詩臣とは漢詩によって帝に仕える臣下のことだ。私は、心から宇多帝・醍醐帝の恵みを讃えたいと思っていたし、今でもそう思っている。人麿殿の歌を普通に聴き、読めば、人は人麿殿をおそらく宮廷歌人と評価することだろう。一見、人麿殿も私も似ているかのように見える。しかし、まったく逆だ。私は衷心より宮廷歌人でありたいと願っているが、人麿殿は建て前としては宮廷歌人でありながらも、大和朝廷によって滅亡していった倭国の姿を瞼の裏に見、滅びゆくものへの愛惜を時空を超えて注いでいたのではなかったか。

人麿殿は石見国《いわみのくに》で死を迎えている。そのことを端的に示すものはつぎの一連の詞書と歌だ。

柿本朝臣《あそん》人麿、石見国に在りて死に臨む時に、自ら傷《いた》みて作る歌一首

鴨山《かもやま》の　磐根《いはね》し枕《ま》ける　我をかも　知らにと妹《いも》が　待ちつつあるらむ

（後の巻二、二二三）

〔柿本朝臣人麿が石見国で死に臨んで、自ら悲しんで作った歌一首

この鴨山の　岩根を枕にして　死に臨んでいる自分を　そうとは知らずに妻は　待っていることだろうか〕

偉大な宮廷歌人として後世人々によって讃えられるであろう人麿殿が、なぜ大和の都ではなく石見国で臨終を迎えたのか。しかも、「死」だ。皇族や三位以上の人物の死を意味する「薨《こう》ず」でもなく、四位・五位の人物の死を意味する「卒《しゅつ》す」でもなく、六位以下の人物の死を意味する「死」を遂げたとはどういうことなのか。

「石見国」で死んだということは、普通に考えれば石見国の国府があるところで死んだということだ。そこは鴨山（島根県浜田市）だ。藤原宮のある大和ではなく、石見国の鴨山で「死」を遂げたということは、人麿殿の身に、考えられない不幸が襲ったことを意味しているのではないか。持統天皇に仕えた偉大な歌人なのだから、『紀』あるいは『続日本紀』にその死が記されていて当然なのだが、人麿殿の死に関してだけでなく、人麿殿に関する記述が全くないことは先に記した。このことと人麿殿の死は関連しているのではないか。

よく似た境遇の歌人といえば大伴家持殿がいる。『続日本紀』の延暦四年（七八五年）八月

二十八日の条によれば、要約つぎのように記されている。

「中納言・従三位の大伴家持が死んだ（「死にぬ」）。祖父は大納言で贈従二位の大伴宿禰《おおとものすくね》安麻呂《やすまろ》、父は大納言・従二位の旅人《たびと》である。家持は、天平十七年（七四五年）に従五位下を授けられ宮内少輔に任ぜられた。中央官と地方官を歴任した後、宝亀の初めに従四位下・左中弁兼式部員外大輔に至った。宝亀十一年（七八〇年）に参議を拝命し、左右の大弁を経て、まもなく従三位を授けられた。しかし、氷川川継《ひかわのかわつぐ》が謀反を起こした事件で罪を問われ、罷免されて京外に移された。その後、詔があって罪を許され、参議・春宮《とうぐう》大夫に復した。ついでその官位のまま京を出て陸奥按察使《あんせちし》に任ぜられ、まもなく中納言に任ぜられたが、春宮大夫はもとのままであった。家持の死後二十余日、家持の屍体がまだ埋葬されないうちに、大伴継人《つぐひと》・大伴竹良《ちくら》らが藤原種継《ふじわらのたねつぐ》を殺害した事件が発覚し、投獄されるという事件が起こった。これを取り調べると、事は家持らに及んでいた。そこで追って除名処分とし、息子の永主《ながぬし》らはいずれも流罪に処せられた」

と。

家持殿の最期は「死にぬ」と記されている。私が編輯した勅撰本『万葉集』の中にも家持殿の歌が九十四首もあったが、『続日本紀』では万葉歌人としての家持殿についてまったく触れていない。藤原種継を殺害した事件が発覚し、この事件に家持殿らも関与していたことが判明し、家持殿が除名処分されただけでなく、息子の永主らも流罪に処せられたという。しかし、それでもなお、家持殿についての記事はたしかに『続日本紀』に残されている。そうであるならば、人麿殿は、歴史上抹消されたと言うべきなのだろう。

人麿殿の制作年のわかる最後の歌を詞書で追う限りは、文武四年（七〇〇年）のものだった。文武元年（六九七年）から延暦十年（七九一年）のわが国の歴史を記している『続日本紀』にも人麿殿の死について何の記述もない。持統天皇時代に特に活躍した人麿殿について、『紀』にも『続日本紀』にも何の記述もないということは、『万葉集』自体が公の舞台から今まで消されてきたことを意味するのだろう。だからこそ、『続日本紀』の記事に、家持殿と『万葉集』との関連がまったく記されなかったのではないだろうか。

「死に臨む時に、自ら傷《いた》みて作る〔死に臨んで、自ら悲しんで作った〕」という詞書を鵜呑みにすることはできないが、人麿殿の、

鴨山《かもやま》の磐根《いはね》し枕《ま》ける我をかも　知らにと妹《いも》が待ちつつあるらむ〔後の巻二、二二三〕

という歌は、仁徳天皇の皇后とされる磐姫《いわのひめ》の作とされる、

かくばかり恋ひつつあらずは　高山の岩根しまきて死なましものを〔後の巻二、八六〕
〔これほどに恋しいのだったら　高山の岩を枕にして死んでしまう方がましだわ〕

という歌と関連している。しかも後者の歌の方が時間的には先に詠われているのだから、人

麿殿はこの歌を知っていたのではないか、この歌を踏まえて自らの歌を作ったと考えていいのではないか。後者の「死なましものを（死んでしまう方がましだわ）」には自殺願望が示されている。人麿殿の歌「鴨山の磐根し枕ける我をかも…（この鴨山の岩を枕にして死に臨んでいる私のことを…）」も自殺を示唆している。人麿殿の死は自殺だったのではないか。こう考えると、詞書「死に臨む時に、自ら傷みて作る」も、「自殺するに臨んで、自ら悲しんで作った」と理解できる。人麿殿の歌の三首あとの「後の巻二、二二六番」の詞書に、丹比真人《たぢひのまひと》が「柿本朝臣人麿の意《こころ》に擬《なずら》へて報《こた》ふる歌（柿本朝臣人麿の心中を推し量って、代わって応えた歌）」とあるが、人麿殿の死が自殺だからこそ「柿本朝臣人麿の心中を推し量って、代わって応えた歌」があるのではないか。

もうひとつ気になることがある。「朝臣《あそん》」だ。

草稿の『万葉集』を編輯していた際、初出の「朝臣」は、後の巻一、一六の詞書の中だった。「〈天智〉天皇、内大臣《うちのおほまへつきみ》藤原朝臣〈鎌足〉に詔して、春山万花の艶《にほひ》と秋山千葉《しゅうざんせんえふ》の彩《いろ》とを競ひ憐れびしめたまふ時に、額田王、歌を以て判《ことわ》る歌」と記されている。藤原鎌足が「朝臣」という姓《かばね》を持っている。そして、草稿の『万葉集』の中で「朝臣」が最も頻出する人物が柿本人麿殿だ。

『紀』の中では、天武天皇十三年（六八五年）十月一日の条に、

「詔して、『諸々の氏《うぢ》の族姓《かばね》を改め、八色《やくさ》の姓《かばね》を作って、天下の万姓《よろづのかばね》を整理する。一に真人《まひと》という。二に朝臣《あそん》という。三に宿禰《すくね》という。四に忌寸《いみき》という。五に道師《みちのし》という。六に臣《おみ》という。七に連《むらじ》という。八に稲置《いなき》という』と仰せられた」

とある。

しかし、藤原鎌足は天智八年（六六九年）十月十六日に「薨《こう》じ」ている。「八色の姓」の発布の十六年前のことだ。これはどういうことなのか。鎌足が薨じて後、大和政権が与えた姓なのか、大和政権とは別の政権が八色の姓をすでに設けていて、その統治下で鎌足が朝臣という姓をいただいていたということだろうか。

草稿の『万葉集』にはなお驚くべきことがある。巻一、巻二の「明日香清御原宮の天皇《すめらみこと》の代《みよ》」というその歌われた時代を示す項目の直後に「天渟中原瀛真人天皇《あまのぬなはらおきのまひとのすめらみこと》、謚《おくりな》を天武天皇といふ」と記されている。「天武天皇」は崩御の後の名だから、生前には「天渟中原瀛真人天皇《あまのぬなはらおきのまひとのすめらみこと》」と言われていたことになる。天武天皇は生前、第一の「真人《まひと》」という姓《かばね》をいただいていた。誰から。大和政権とは別の政権から。こう理解しないことには、鎌足と天武天皇に「姓《かばね》」があることが了解不能となってしまう。もちろん、「真人」は後には人名にも使用されるが、天武天皇の場合、それを人名とみなすと「天皇」の上に人名が記されていることになり、さらに不可解となる。鎌足と天武天皇に「姓《かばね》」があった事態が白日の下に晒されることを避けるため、草稿の『万葉集』自体が今まで歴史の表舞台から消されてきたとも言えるのではないだろうか。
鎌足と同様、人麿殿の「朝臣」も大和政権とは別の政権からいただいていたと考えるべきか、それとも大和政権からその姓をいただいていたと考えるべきか。後者だとすれば、八色の姓のうち第二の姓をいただいていたことになり、人麿殿は大和政権内部でかなり高い地位にあったことになる。そうであるならば、死に際して「死す」ではなく、「薨ず」あるいは地位を降下されたとしても、少なくとも「卒す」と記されてよいだろう。また、家持殿のように、たとえ「死にぬ」と記されようとも、何らかの記述が残されてよいのではないか。しかし、そうした記述は『紀』や『続日本紀』にはまったくない。

また、先に触れた「後の巻二、二二六番」の詞書は正しくは、「丹比真人　名を欠けたり　柿本朝臣人麿の意に擬へて報ふる歌一首」と記されている。

本来なら、丹比真人＋名と記されるはずだが、「名を欠けたり」とあって、その名が不明だという。しかし、この人物の姓は「真人」だ。八色の姓の場合であれば、第一の姓だ。天武天皇でさえ「真人」という姓だった。それほど高位の人物の名が不明ということがありうるのは、あるいは、意図的にその名が不明だとされるのは、その人物が大和政権内部の人物でない場合に限られるだろう。ではどこの人物か。倭国政権の内部の人物だろう。

「柿本朝臣人麿の心中を推し量って、代わって応えた」この人物は、人麿殿ときわめて親しかった人と言えるだろう。とすれば、人麿殿の姓が「朝臣」であるということは、人麿殿がかつて倭国に仕えていた可能性が高い。後に、持統天皇らの下で宮廷歌人として仕えたとしても、人麿はかつて倭国の偉大な歌人だったのではないか。

一連の詞書と歌の最後は、

或本の歌に曰く
天離《あまざか》る夷《ひな》の荒野に君を置きて　思ひつつあれば生けるともなし（後の巻二、二二七）
右の一首の歌、作者未詳。但し、古本、この歌を以て此の次《つぎて》に載す
〔或る本の歌にいう
都を遠く離れた荒れ野にあなたを置いて、思い続けていると生きた心地もしない
右の一首は、作者が明らかでない。ただし、古本にはこの歌をこの順に載せている〕

というものだ。

左注に「古本、この歌を以て此の次に載す」とあるが、「古本」とは何か。草稿の『万葉集』の中には、他に「古集」という言い方もある。「古本」「古集」がある以上、草稿の『万葉集』は「新本」であり「新集」であるはずだ。

では、この「古本」「古集」はどこで作られたのか。考えられるところは一つしかないだろう。倭国だ。したがって、「天離《あまざか》る」とは「倭国の都である太宰府から遠く離れた」の意味であり、

「夷《ひな》」は、この場合、石見国の鴨山を指すのだろう。

柿本朝臣人麿殿の「羈旅《きりょ》の歌八首」中の一首に、

天離る鄙《ひな》の長道《ながち》ゆ恋ひ来れば　明石の門より大和島（原文では「倭嶋《やまとしま》」）見ゆ　〔一本に云ふ「家のあたり見ゆ」〕（後の巻三、二五五）

〔天離る遠い鄙からの道を通って恋しく思いながらやって来ると　明石の海峡から大和の山々が見えることだ〔別本には「家のあたりがが見えることだ」〕〕

とあるが、

「明石の門」とは播磨国の明石と淡路島に挟まれた明石海峡のことだ。大和島（倭島）とは河内や大和国のことだろう。この大和島が九州であるはずがない。「鄙《ひな》の長道《ながち》ゆ」とは「周防や安芸・備前などの海岸線伝いに船で通過して」の意だろう。だから、この歌でも「天離る」とは「倭国の都である太宰府から遠く離れた」の意味だろう。ただし、少し後に触れる「近江の荒れたる都を過ぐる時、柿本朝臣人麿の作る歌」の中の「天離る　鄙《ひな》にはあれど　石走る　近江の国の…」の「天離る」は「大和から遠く離れた」の意だ。「天《あま》」とは、「都」のことなのだ。

また、人麿殿を「君」と呼んでいるのだから、この作者は女性だ。この女性はかつて倭国の都であった太宰府にいるから、後の巻二、二二七の左注をつけた人物はその女性を知らなかったか、あるいは、倭国の女性であることを隠蔽するために意図的に「作者不詳」としたのだろう。この女性は人麿殿の恋人である可能性が高い。草稿の『万葉集』の中に「君を置きて」という特異な表現は他に一首あるだけだ。

朝日影にほへる山に照る月の　飽かざる君を山越《やまごし》に置きて（後の巻四、四九五）

〔朝日が輝いている山に照る残月のように　見飽きないあなたを山のかなたに置いて〕

この歌でも、「君を置く」は、恋人どうしの女性（舎人吉年《とねりのよしとし》）から男性（田辺忌寸櫟子《たなべのいみきいちひこ》）に詠んだ歌の中に出てくる。

後の巻二、二二七では「思ひつつあれば生けるともなし」とも歌っているのだから、倭国の都にいる女性からの愛する人麿への挽歌だったのだ。

以前（第二章　その六：卑弥呼は誰に比定されているか）、養老元年（七一七年）には、倭国の歴史書や歌集などが大和朝廷側の手に入ったと記したが、和銅年間（七〇八年～七一五年）頃人麿殿が没し、旧都太宰府で人麿殿を思慕して詠ったこの女性の歌が、古本としての倭国の歌集から『万葉集』に転載されたのだろう。

では、人麿殿を襲った不幸とはどんなことだったのだろう。

倭国の偉大な歌人であった人麿殿は、白村江の戦いでの敗戦の後、倭国が衰退する中で、何らかの理由で大和朝廷に仕えることになった。この「なんらかの理由」は、私にはわからない。しかし、優れた人材が他の王朝や政権に再度重用される事例は、枚挙に暇がない。例えば、隋朝と唐朝に仕えた裴世清《はいせいせい》が良い例ではないか。また、壬申の乱で大友皇子が縊死する最後まで大友皇子に従っていた石上麻呂《いそのかみのまろ》は、降伏後、天武天皇により抜擢され、最後には大和朝廷の左大臣まで務めている。

倭国が滅亡していく姿を眼前に見続けていた人麿殿の、滅びゆくものへの愛惜は、時空を超えて滅びゆくものへ注がれたことだろう。その愛惜は時に人麿にとって両刃の剣になった。卓抜なる歌であると同時に倭国讃歌や倭国滅亡を惜しむ歌は、大和政権の許さざるところだったはずだ。そんな歌があるだろうか。

後の『万葉集』巻一の二九、三〇、三一

近江の荒れたる都を過ぐる時、柿本朝臣人麿の作る歌

玉だすき　畝傍《うねび》の山の　橿原《かしはら》の　ひじりの御代ゆ　生《あ》れましし　神のことごと　樛《つが》の木のいやつぎつぎに　天《あま》の下　知らしめししを　天《そら》にみつ　大和を置きて　あをによし　奈良山を越え　いかさまに　思ほしめせか　天離る　鄙《ひな》にはあれど　石走る　近江の国の楽浪《ささなみ》の　大津の宮に　天の下　知らしめしけむ　天皇《すめろき》の　神の尊《みこと》の　大宮は　ここと聞けども　大殿は　ここと言へども　春草の　繁く生ひたる　霞立ち　春日の霧《き》れる　ももしきの　大宮所　見れば悲しも（後の巻一、二九）

（神武天皇の御代以来、お生まれになった歴代の天皇のすべてが、この大和で天下をお

治めになったのに、この大和を捨てて奈良山を越え、景行天皇はどのように思われたのだろうか。田舎ではあるが、近江の国の大津の宮で天下をお治めになったという。景行天皇の皇居はここだと聞くけれど、御殿はここだと言うけれど、春の草が繁く伸びている。霞が立って春の日差しがにぶく霞んでいるこの大宮の跡を見ると悲しい〕

楽浪《ささなみ》の　志賀の唐崎　幸くあれど　大宮人の　船待ちかねつ（後の巻一、三〇）

〔楽浪の志賀の辛崎は幸いにも昔と変わらずにあるが、昔の大宮人の乗った船はいくら待っても　不幸にも帰ってこない〕

楽浪の　志賀の大わだ　淀むとも　昔の人に　またも逢はめやも（後の巻一、三一）

〔楽浪の志賀の大わだは　このように淀んでいても　昔の人に再び会えるだろうか〈いや昔の人は淀むことなく消え行き　昔の人と会えるとは思えない〉〕

『紀』によれば、神武天皇が橿原で天下をお治めになって以来、はじめて大和を離れて近江の国で天下をお治めになったのは第十二代の景行天皇。この事実を無視してこの歌を解釈することはできない。その景行天皇以来、成務天皇、仲哀天皇が連続して近江の国で天下をお治めになった。その皇居が今は荒れ果てているという。とすれば、「大宮人」「昔の人」とはだれだろう。楽浪の志賀の唐崎は幸いにも昔と変わらずにあるが、昔ここで船遊びをした大宮人の船はいくら待っても不幸にも再び見ることはできないと人麿殿は歌った。楽浪の志賀の大津を囲む湾、そこは今でも淀んでいるが、そしてどんなに昔を偲んで佇んでいても、昔の人は淀むことなく消え失せ、いくら待っても会えないと人麿殿は歌った。

では、琵琶湖の湖底に消えた「大宮人」「昔の人」とは一体だれか。

つぎの二首の歌をみると、天智天皇以下の大宮人が琵琶湖で溺死したかのようにみえる。

〈天智〉天皇の大殯《おほあらき》の時の歌二首

かからむとかねて知りせば大御船《おほみふね》泊てし泊まりに標結《しめ》はましを　額田王

（後の巻二、一五一）

〔こうなるだろうと前から知っていたら　大王《おほきみ》の船が停泊した港に標縄《しめなわ》を張ればよかったのに〕

やすみしわが大王《おほきみ》の大御船　待ちか恋ふらむ　志賀の辛埼　舎人吉年《とねりのよしとし》

（後の巻二、一五二）

〔わが大王のお船を　待ち焦がれていよう　志賀の辛埼は〕

だが、『紀』の天智十年（六七一年）の九月の条には「天智天皇はご病気になられた。或本には、八月に、天皇はご病気になられたという」とあり、また、十月十七日の条には、「天皇はご病気が重い。詔して東宮（大海皇子）を呼んで寝室に召し入れ、詔して、『私は重病である。後事をおまえに託したい』云々と仰せられた。すると東宮は再拝して、病と称してこれを固辞してお受けせず、『どうか天下の大業を大后に付託なさり、大友王《おおとものおうきみ》にすべての政務を執り行っていただくようお願いします。私は天皇のために出家して修行したいと存じます』と申し上げられた。…」とある。そして、同年十二月三日に「天皇、近江宮で崩御された」とある。間違いなく、天智天皇は病のため亡くなったのであり、琵琶湖で溺死したのではない。「かからむと」〔こうなるだろうと〕は、琵琶湖での溺死を意味するのではなく、病に倒れることを指しているのだろう。ただ、天智天皇をはじめ大宮人たちがしばしば琵琶湖で船遊びを楽しんだから、右のような二首の歌が生まれたのではないだろうか。

『紀』によれば、神武天皇以来、はじめて大和を離れて近江に都を遷したのは景行天皇だ。その景行天皇そして成務天皇、仲哀天皇の三代にわたって都が近江にあったことが明記されている。しかし、いずれの天皇も琵琶湖で溺死をしたという記述はない。とすれば、「大宮人」「昔の人」とは仲哀天皇の皇子、本来ならば正統に皇位を継ぐべき長男の麛坂皇子《かごさかのみこ》と次男の忍熊皇子《おしくまのみこ》たちだろう。この皇子たちの時代にこの近江京の高穴穂宮《たかあなほのみや》は滅び去ったのだから。

仲哀天皇が九州で崩御された後、皇位継承争いが起こったが、長子の麛坂皇子は不幸にも赤い猪に食い殺されてしまったと『紀』に記されているので、忍熊皇子が皇位継承の正統軍の大将として反乱軍の神功皇后・品陀和気《ほむだわけ》（後の応神天皇）軍と戦を交え、そして敗れた。宇治川のほとりで反乱軍の参謀である武内宿禰《たけうちのすくね》の計略にかかり敗走し、反乱軍の精鋭部隊に追撃されて近江国と山城国との境にある逢坂山《あふさかやま》でも敗れ、さらに「狭狭浪《さ さ なみ》（楽浪《ささなみ》）」（大津市西北一帯の地）の栗林で大敗北を喫した後、忍熊皇子は自軍の参謀である五十狭茅宿禰《い さ ち の す く ね》と「ともに瀬田の渡りに投身して死りぬ《みまか》」と『紀』に記されている。時に神功皇后の摂政元年（二〇一年）のことだった。「大宮人の　船待ちかねつ」と詠った歌の内容とも一致している。

とすれば、人麿殿は自らの時代より四百年以上も昔の、皇位継承をめぐる忍熊皇子軍と神功皇后・品陀和気軍の出来事を歌ったと言えるだろう。しかし、なぜそれほど昔のことを詠ったのか。

じつは、壬申の乱で縊死した天智天皇の皇子、本来ならば正統に皇位を継ぐはずだった大友皇子《おおとものみこ》の惨劇を暗に詠おうとしたからではなかったか。四百年以上も昔のことを詠った歌を聴いた人々は「ああ、やはり歴史は繰り返されるのか」と呟いたことだろう。皇位継承をめぐる忍熊皇子軍と神功皇后・品陀和気軍との皇位継承戦（二〇一年）は、壬申の乱（六七二年）の際の反乱軍の大海人皇子《おほあまのみこ》軍と正統軍である大友皇子軍との皇位継承戦と重なって、聴く者に繰り返される歴史を実感させるものだったに違いない。

人麿殿は、自分が仕えている持統天皇のもとで、大友皇子の惨劇を直接歌うわけにはいかない。大友皇子を縊死へと追いやったのは他でもない大友皇子の叔父である天武天皇とその后である後の持統天皇その人だからだ。持統天皇は大友皇子の異母姉でもある。天智天皇は大友皇子をこそ皇位後継者にしたいと考えていたのだから、天武・持統天皇には皇位を継承する正当性はなかった。人麿殿があからさまに大友皇子への深い哀悼の思いを歌うことは、「謀反」と言えることになろう。謀反は「みかどかたぶけむとはかる」とも読み、「国家つまり天皇を危うくせんと謀ること」を言うのだから。

しかし、かの巻一の二九、三〇、三一の歌は、実は大友皇子への哀悼の思いを詠っただけとは思えない。大友皇子の悲劇は、人麿殿には、母国倭国の悲劇と重なっていたように思える。わが国の覇権を長く保持してきた倭国は、白村江の戦いでの壊滅的な敗北以後、大和朝廷方との覇権争いにも敗退した。倭国の息の根を止めたのは、もちろん大和政権、持統天皇がいまだご存命の時だ。日本国が倭国を併呑したのは大宝元年（七〇一年）頃のことなのだから。人麿殿のあの三首の歌は、大友皇子への、そして倭国への、深い哀悼の気持ちを二重に隠した歌だったのではないだろうか。

しかし、もっと端的に、大和政権が許容できなかった人麿殿の歌はあるだろうか。

「柿本朝臣人麻呂、筑紫国に下る時に、海路にして作る歌二首」の詞書のもと、その二首目に、

大王《おほきみ》の遠乃朝庭《とほのみかど》と蟻通ふ　嶋門《しまと》を見れば神代し思ほゆ（後の巻三、三〇四）

〔大王が遠い所にある朝廷へと繋く通われる、その朝廷の入り口にあたる島でできた門《もん》を見ると、神代のことが偲ばれる〕

とある。

この「遠乃朝庭」とは何か。「朝庭」とは「朝廷」のこと。「遠乃」とはこの場合「大王」の居所から「遠いところにある」という意味だ。このことからも「大王」は「天子」でないことがわかる。というのも、「朝庭」にこそ「天子」はいるのであり、そこで政を行うのだから。ここでの「大王」は大和にいる。考えられる人物は天武天皇だ。天武天皇は「大王」であって「天子」ではない、これだけでも大和政権は人麿殿の歌を許容できなかったのではないだろうか。

『紀』では神武天皇以来、すべての天皇を「…天皇」と記述してはいるが、本当に天皇と名乗り始めたのは天武天皇が最初ではなかったか。倭国が白村江の戦い以降急速に国力を低下させた後でなくては「天皇」を自称することは難しいはずだ。また、大業三年（六〇七年）多利思北孤《たりしほこ》が敢然と北朝系の隋に反旗を翻して「日出づる處の天子」を名乗ったことが白村江の戦いの原因のひとつとなったとすれば「天子」を自称することは避けなければならなかっただろう。倭国に替わりわが国を代表し、しかも唐朝が許容できる名称、それが「天皇」だったのではないか。しかも、壬申の乱（天武元年《六七二年》六月二十二日〜七月二十三日）という「日本国」の内乱に勝利して初めて自称することができたのではないか。

草稿の『万葉集』の後に巻一、二、三、四、六、十一、十三、十六と言われることになる巻には、他に一箇所だけ、「遠乃朝庭」がある。

〈聖武〉天皇、酒を〈西海道〉節度使の卿《まへつきみ》等に賜ふ御歌《おほみうた》一首　并せて短歌
食国《をすくに》の遠乃御朝庭《とほのみかど》に汝等が　かく罷《まか》りなば　平《たひら》けく朕は遊ばむ…（後の巻六、九七三）
［〈聖武〉天皇が酒を〈西海道〉節度使の卿等に賜うた御歌一首とあわせて短歌
わが治める国の遠い朝廷にお前たちがこのように出向いたら　安心して私は遊ぼう…］
があるのみだが、そこには「遠乃御朝庭」とあり、筑紫に昔あった「遠乃朝庭」に「御」が付けられている。聖武天皇さえ、筑紫国にある「遠乃朝庭」に対し敬意を払っている。

いずれにしても、「遠乃朝庭」は筑紫国にあり、天武・持統時代にはまだ太宰府として存続していたものの、白村江の戦い以後のことなのだから、実質的には唐軍の管理下に置かれていたと考えられる。

大王の遠乃朝庭と蟻通ふ　嶋門を見れば神代し思ほゆ（後の巻三、三〇四）

「蟻通ふ」とは常に往来するの意だ。天智十年（六七一年）十一月十日より天武元年（六七二年）五月三十日まで太宰府に駐留した郭務悰を司令官とする唐軍のところへ、天武天皇がよく通われたことを、当時太宰府にいた人麿殿は知っていた。その太宰府に再び至ろうとする時の歌だ。しかし、なぜ天武天皇はよく郭務悰のもとに通われたのか。一つに、倭国の滅亡をはやめるための施策の承認を得るため、一つに後に壬申の乱といわれることになる皇位継承争いを起こす許可を得るためではなかったか。

「嶋門」とは島と島とで門を形作っているという意味だろう。「明石の門《と》」が播磨国の明石と淡路島に挟まれた明石海峡のことを言うのとよく似ている。私が、左遷され太宰府への西下の折り、船で博多湾に入ってきたとき、右に能古島《のこじま》、左に志賀島《しかのしま》が、あたかも太宰府の入り口の門のように見えた。その能古島と志賀島を久しぶりに見た人麿殿は、かつて仕えていた筑紫の都の神代のことが偲ばれると歌っているのだろう。能古島は『紀』では「磤馭慮島《おのごろじま》」といわれ、伊弉諾尊《いざなぎのみこと》と伊弉冉尊《いざなみのみこと》がこの島に降って洲国《くに》をお生みになったところだと記されているし、志賀島には志賀海神社があり「山ほめ神事」が行われるなど、神話に満ちあふれた世界なのだ。

ところで、この直前の歌、

名ぐはしき　印南《いなみ》の海の　沖つ波　千重に隠りぬ　山跡島根《やまとしまね》は　（後の巻三、三〇三）

〔名も美しい　印南の海の　沖の波のために　千重に隠れてしまった　山跡島根は〕

（印南の海…兵庫県明石市から加古川市にかけての海）

（山跡島根…淡路島の東北端の高さ七丈（二一〇メートル）ほどの山）

という歌は、「柿本朝臣人麻呂、筑紫国に下る時に、海路にして作る歌二首」のうちの一首で、印南《いなみ》の海を過ぎた後、博多湾に入っていく時の歌（右の後の巻三、三〇四）へと続くのだから、当然のこととして、筑紫国に船で入った後の歌（後の巻三、三〇四の後《あと》の歌）があるはずだ。

人麿殿が乗った船が嶋門を経て筑紫国に入り、「遠乃朝庭」をはじめ筑紫国で「神代し思ほゆる」数々の歌を詠ったこと、またそれらの歌は、滅び去りつつある倭国の都や、その大宮人のこと、また倭国に残した恋人のことや傷ついた人々のことなど、数多く歌われたのではなかったか。しかし、これらの歌は抹消されたと言うべきだろう。わが国は歴史の始原より大和朝廷が支配・統治しているという「理想」を事実として主張するためには、人麿殿の歌そして人麿殿を、切り捨てねばならなかったのだ。

第五章　太宰府南館にて

左遷処分の宣命が下された昌泰四年（九〇一年）正月二十五日から二日後、左遷先へ私を送る使いが左衛門少尉《さえもんのしょうい》の善友益友《よしとものますとも》、左右の兵衛《ひょうえ》各一名の計三名と定められ、また、大宰府宛ての太政官官符《だいじょうかんかんぷ》が出された。「権帥《ごんのそち》」とはいえ大宰府での職務はないこと、任期中の給与もないこと、官からは従者も与えないことが命じられた。

さらに、諸国に発令された太政官官符により、私の道中の待遇は、

「前員外帥《ぜんいんがいのそち》（昔、定員外の大宰府の長官だった）藤原朝臣吉野《ふじわらのあそんよしの》の例によってこれを行へ」

というものだったが、これは、承和の変（承和九年《八四二年》）に連座して大宰員外帥につまりは現在の私と同じ官職に貶《へん》せられた藤原吉野の例に従って、処遇せよというものだった。そのため、どの国も私たち一行に食・馬を給してはならないと命じられていた。酷薄の待遇の中で西下するしかなかった。私に同行したのは、幼子の姉弟の紅姫《べにひめ》と隈麿《くままろ》の二人、そして菅家廊下の門人味酒安行《うまさけのやすゆき》だった。妻とあとの娘たちはすべて都に残してきた。そして多くの息子たちは、左遷・配流されたのだった。

二月一日には都を出立した。旅装を整える暇さえない慌ただしいものだった。その慌ただしさの中で、私の愛する梅の花が静かに咲いていた。

「大宰府に配流される時、家の梅の花を見侍りて」

東風《こち》ふかば　にほひをこせよ梅の花　主《あるじ》なしとて春を忘るな

〔「大宰府に配流される時、家の梅の花を見て〈詠んだ歌〉」

東風がもし吹いたなら、梅の花よ、馥郁たる妻の香を風に乗せて筑紫にいる私のところまで漂わせてくれよ。たとえ、主人がいなくなったとしても春を忘れてくれるな〕

そしてふと前栽の桜の花に目がとまった時、桜は私との別れを惜しんで例年より早く咲き始めてくれたかのように、うす紅色に咲いていた。美しかった。

「家よりとをき所にまかる時、前栽の桜の花に結ひつけ侍ける」

さくら花　主《ぬし》をわすれぬものならば　吹き来む風に言伝《ことづ》てはせよ

〔「家から大宰権帥として大宰府に西下する時、庭先の植え込みの桜の花に結びつけました歌」

桜の花よ、その家の主を忘れることがないならば、大宰府で氷のように結ばれて気が塞いでいる私に、東から風に託して花の便りを伝えてほしい〕

西下の途中、播磨国の明石駅《あかしのむまや》に宿った時、その駅長が私の左遷を驚き悲しむ様子だった。そのとき、駅長に詩を贈った。

駅長驚くことなかれ　時の変改《へんがい》　一栄一落　是れ春秋

〔駅長よ　そんなに驚くことはない　時勢が変わり　大臣として宮中にあった私が　配流の身となって筑紫国に落ちていくことを。春には美しく花が咲き　秋には寂しく　落ち葉するのは　自然の姿ではないか　人もまた同じ　栄枯盛衰は人の世の理《ことわり》なのだから〕

こうして西下していったが、一直線に太宰府に向かったわけではなかった。その後、山陰道へと向きを変えたり、あちらへ行きこちらに行ったりして到着まで二ヶ月もかかった。なぜこうした旅を強いたのか、その当座はわからなかった。今思えば、私たち一行の西下する姿を沿道の人々になるべく見せないようにするためだったのではないかと思う。

太宰府南館に配流された後、妻のもとへ手紙を送った。心から愛しく思う妻へ、感謝の気持ちを込めて。

君が住む　宿のこずゑのゆくゆくと　隠るるまでにかへりみしやは

〔あなたが住む家の樹木の梢が、私が去っていくにしたがって、次第に隠れて、ついには見えなくなるまで、何度も振り返って見たことだ〕

都から終始心を込めて私たちの世話をしてくれたのが、門弟である味酒安行だった。安行はあの難儀だった西下の折りも、現在の太宰府南館でのつましい生活においても、骨身を惜しまず尽力してくれている。

そしてもう一人、この太宰府南館に着いて以来、近所の麹屋の老婆で、もろ尼御前《にごぜん》とも浄妙尼《じょうみように》とも呼ばれている老婆に、何かと世話になっている。もろ尼御前は賄いや洗濯などの面倒をかかすことなくみてくれている。

こちらに来てまもなく、私は刺客に襲われそうになったことがあった。何者なのかはもちろん不明だ。その時、私は麹屋に偶然逃げ込んだ。その家の老婆が私をもろ臼の中に隠し、その上を洗濯したばかりの腰巻きで覆って、刺客の眼を攪乱してくれた。この恩人はその後も、私が何者なのかを承知の上でこっそり南館に来て世話をしてくれている。ありがたい。ときには、子供たちの遊び相手になってくれたり、私の鬱屈した思いを晴らそうとしてか、私の話し相手にもなってくれるのだ。

私はこの二人に感謝しても感謝しすぎることはない。

もろ尼御前に紅姫は特に懐いて、ときに、この南館のそう広くはない庭で二人で木々の葉や自ずと咲いている野草の花で飯事をしている。実の母と遊べたら、紅姫にとって私の左遷のことなど大した打撃ではないことだろう。きゃっ、きゃっとうれしそうに笑いがこぼれる紅姫にとって、こうした無心の時がどれほど貴重なものか、そして子供たちの無心に遊ぶ姿が、私にとって、この子たちのためにも生きていこうという力をどんなに与えてくれることか。

「これ、なんというお花なの。この花の黄色い花びらをお皿に盛ったら、おいしそうでしょう」

「藤菜《ふじな》（江戸時代以降、蒲公英《たんぽぽ》という）ね、黄色の花びらがきれいね。レンゲ草の紅色がかったお花もお皿に盛ってみましょうか。きっとおいしいことよ」

もろ尼御前は母親のように紅姫に接してくれる。しかし、弟の隈麿は過酷な旅を経て以来、元気がない。心配だ。

その一：三笠山

そんなある日、太宰府南館の艮《うしとら》（北東）の方角に見える山を見ながら、安行はもろ尼御前に語りかけた。

「あの美しい山はなんという山なのですか。太宰府政庁の鬼門にあたっているので、ちょうど鬼門除けのようにも見えますが」

「ええ、そうでございますよ。太宰府様にとってありがたいお山なのです。三笠の山（御笠山）とわたくしどもは申しております。わたくしどもにとっても、それはそれはありがたいお山でございます。筑紫の国のここ太宰府から北は平らな地が続き、一方山も沢山ございますが、百丈（三百メートル）前後の山々で、そう高くはなかろうと存じます。その中で三笠の山は三百丈（九百メートル）近いお山で、一際《ひときわ》高いお山でございます」

「平安の都は午《うま》の方角（南）に開けていますが、他の三方は低い山々に囲まれています。その中で都の鬼門にあたるところに比叡山というやはり三百丈ほどの山があり、鬼門除けの役割を果たしているのですが、三笠の山も比叡山と同じ役割を果たしていると言ってよいのですか」

　と安行が尋ねると、

「そうでございますか。平安の都のこと、比叡山のこと、初めてお聞きいたしました。不思議なものでございます。三笠の山も比叡山と同じでございます」

　そばで二人の会話に耳を傾けていた私は、繰り返される「ミカサの山」という言葉を聞いて驚いて言った。

「えっ、あの山もミカサ山なのですか」

　昔、阿倍仲麿殿が帰国しようとして、唐の明州での餞の宴席で歌ったと言われる、

　　天の原ふりさけみれば春日なる　三笠の山にいでし月かも

という歌を連想したからだ。私にとっては、「ミカサ山」とは大和の国、春日の地にある御笠山のことだ。考えてみれば、同名の地名は全国に沢山ありうるのだから驚くにあたらないのかもしれない。そこで、まさか「春日」という地名はこの三笠の山の近くにはあるまいと思っ

てもろ尼御前に尋ねてみた。すると、
「三笠の山は春日の地にございます」
私は耳を疑った。「カスガの地のミカサ山」がこの太宰府近くにもあるとは。しかも、後の『万葉集』巻十一の中で詠われた或る歌が以前から腑に落ちなかったのだ。

君が着る三笠の山に居る雲の　立たば継がるる恋もするかな（後の巻十一、二六七五）

〔君がかぶる三笠の山に雲が立ち、消えたかと思うとまた継いで雲が立つように、私の貴方への思いは消えそうになってもまた湧いてきて、止むときがない恋をすることです〕

という歌。編輯に携わっていたとき、この三笠の山は大和の国の御笠山のことを言ってはいないという思いが過《よぎ》った。大和の御笠山は、麓から見る限りでは七十丈（二百十㍍）ほどの小高い丘であり、雲が立っては消えまた立つといった高い山ではないからだ。この太宰府政庁の艮《うしとら》（北東）の方の三笠山ならば、あの歌にふさわしい。

しかも、大和の御笠山では低すぎて、「三笠の山に出でし月かも」と歌うのに無理がある。御笠山のすぐ後ろにある春日山の方が高く、麓から百三十丈（四百㍍）ほど、「春日の山に出でし月かも」の方が自然なのだ。

私はもろ尼御前に尋ねてみた。
「『ありがたいお山』と言われたが、どういう点でそうなのか、もう少し詳しくお話してくださらぬか」

「午《うま》の方（南）にございますここ太宰府南館からご覧なさると神奈備型《かんなびがた》（笠型）の美しい砂山のようでございます。また、卯《う》の方（東）からご覧なさると山頂に大きな大きな石の群れが見え、それらの石は神が降臨される際の依代《よりしろ》となる盤座《いわくら》とされております。さらに、山の頂付近には竈門《かまど》岩と言われる七尺ほどの三つの岩が竈形に並び立っていらっしゃるため、三笠山は竈門山《かまどやま》とも言われております。そしてこの山に鎮座される竈門《かまど》神社は頂に上宮、中腹付近に中宮、麓に下宮がございまして、その神社の縁起によりますと、太宰府様ができたとき、その鬼門除けのために頂で八百万の神々の神祭をしたことによると伝えられております」

もろ尼御前は丁寧に説明してくれた。この三笠山は当地の人々にとって神聖でかけがえのない山だということがわかった。

もろ尼御前は続けた。

「筑紫の国には三笠山が二つございます。このお山とここより〈唐里で〉六十五里（約三十キロ）ほど離れた志賀島《しかのしま》にもございます。ですから、三笠山というだけではどちらの山なのかわかりません」

なるほど、だから、「筑紫なる三笠の山」と歌わずに「春日なる三笠の山」と歌ったのか。

それでもまだ、あの歌に「春日なる三笠の山」とあるからといって当地の三笠山を歌ったとは断言できない。同名の地名は津々浦々にあるからだ。そこでふたたび、もろ尼御前に尋ねた。

「天の原ふりさけみれば春日なる　三笠の山にいでし月かも

という歌があるのだが、天の原とは何のことだろうか。私は天の原を大空の意味で理解しているのだが」

と。

するとと、もろ尼御前は、

「その歌はここでは多くの人が存じております。誰それが歌った歌というのではありませぬが、昔から当地は韓地との行き来がたいへん多く、遠い昔には韓地にも倭地があったそうで、そこへ船で渡るのでございますが、やはり船が沈み命を落とすことも多かったのでございます。そんなこともあり、心のよりどころともいえる三笠のお山が見える最後の地である天の原のあたりで、誰それとなく詠った歌だと聞いております」

と教えてくれた。

「えっ、すると、天の原は地名なのですか」

「はい。天の原は地名で、当地からは乾の方（北西）にございます壱岐という島の北部の地名でございます。玄界灘を抜け、壱岐の天の原付近に船が進むまでは、船上より春日の三笠のお山を遠く振り返って望み見ることができ、太宰府様もそこにあると感じ取ることができるのですが、天の原付近から対馬の浅茅湾《あそう》の入り江に向け船を進ませようとしますと、対馬へ向かう海は艮《うしとら》（北東）の方へ早い流れがございまして船は艮の方へ流されますので、勢い進路を酉《とり》（西）の方に取ることになるのだそうでございます。すると、三笠山は島影に隠れて見えなくなってしまうということでございます」

この歌は、韓地などの遠き地に向かう際、場合によっては再び見ることのない心の拠り所である三笠山や太宰府との別れの歌だったのか。

「天の原の海上から遙か遠く振り返って見れば、春日にある三笠の山に、二度と見ることがないかもしれぬ美しい月が上ったところだった」

という歌だったのか。

左遷される前年に紀貫之殿と宮中でお会いしたとき、貫之殿は、

「いずれ醍醐帝より和歌集をまとめよとの勅命が下るかもしれません。そのときに備えてふさわしい歌を集めております」

と申していた。

そのとき、或る一首の歌とその左注を記したものを見せてくれた。

その歌が、「天の原ふりさけみれば春日なる　三笠の山にいでし月かも」であり、貫之殿が記した左注には、「この歌は、かつて仲麿を留学生として唐土《もろこし》に派遣したところが、長年を経

ても仲麿は帰朝できなかったので、わが国からさらに使節が派遣され到着した後、一緒に帰ってこようとして出発する時に、明州という所の海岸でかの国の人々が送別会を開いてくれた。その時、夜になって月が感慨を深めるかのようにさし上ったので、それを眺めて仲麿が詠んだ歌であると語り伝えられている（「よめる、となむ語り伝ふる」）」と書かれていた。

「よめる、となむ語り伝ふる」とあったのだから、確定的に仲麿殿がこの歌を作り詠ったと言っているわけではなかった。もろ尼御前が申すように「誰それとなく詠った歌」というのが本当なのだろう。仲麿殿がこの歌を歌ったとき、この歌を聞いた人たちの中にはわが国からの使節団も何人か侍していたことだろう。その人たちはわが国の都がある大和から来た人たちだった。彼らは、この歌を聞いて、都にある春日の三笠山（御笠山）を歌ったものだと早合点し、後世に伝えることになったのではないか。そして、この誤解の上に立って、貫之殿はあの左注を書いたのではなかろうか。

それにしても、なぜ仲麿殿は中国を離れようとしたときに、この歌を歌ったのだろうか。この疑問をもろ尼御前に投げかけてみた。すると、

「多くの人がこの歌を存じておりますと申し上げました。この歌は当地を故郷とする人にとっては心の支えとなる歌なのでございます。この歌によく似た歌がございます。

ちはやぶる金《かね》の岬を過ぎぬとも　我は忘れじ志賀《しが》の皇神《すめかみ》

〔荒れ狂う難所の金の岬（福岡県宗像市《むなかたし》に鐘崎《かねざき》があり、その北端の岬）は過ぎたけれど
　私は忘れまい　海の守護神である志賀島の皇神を〕
　この歌も、遠く海を渡って異国の地に向かうとき、当地を故郷とする船上の人が心の支えである志賀の皇神との深い結びつきを歌ったものでございます。『我は忘れじ』という句がそれを物語っております」
「ならば、かの歌を歌った阿倍仲麿殿は当地のご出身であるのか」
「そのように存じます」
　仲麿殿は、養老元年（七一七年）に十九歳で入唐された。さすればお生まれになったのは文武三年（六九九年）の頃のことだろう。唐の天宝十二年（七五三年）にあの歌を歌われたそうだから、当時五十五歳、入唐して三十六年もの歳月が流れたことになる。倭国が日本国に併呑されたのが大宝元年（七〇一年）のことだから、もし当地のご出身だとすれば、倭国に生まれ才能が認められて日本国の学生として唐に派遣されたことになる。倭国から日本国への権力の委譲が混乱なくなされたはずはないことは、以前（第二章　その一：天武天皇の信濃国遷都構想）に記したとおりだ。柿本人麿殿も倭国出身でありながら大和朝廷に仕えた。阿倍仲麿殿も倭国出身だったのだろう。仲麿殿は日本に帰国するにあたり、すでに滅亡してしまった自らの故郷であり心の拠り所でもあった旧倭国の「春日なる三笠の山」への望郷の思いを、あの歌に

託したのだ。その後、仲麿殿が帰国できなかったことは、高視も知っているとおりだ。

その二：大宰府と太宰府

今私がいるところを当地の人は「太宰府」という。だが、『紀』では、「大宰府」と書いてあった。その「大宰府」が『紀』で初出するのは天智十年（六七一年）十一月十日の条の、「対馬国司、使《つかひ》を筑紫大宰府に遣《まだ》して言《まを》さく、『月生《た》ちて二日（十一月二日）に、…』」〔対馬の国司が使者を筑紫大宰府に派遣して言うことに、「十一月二日に…」〕という箇所であり、このあとに筑紫の君薩野馬《さつやま》らが唐の捕虜として帰国したことが語られている。また、「筑紫の大宰」の初出は推古十七年（六〇九年）四月四日のことだ。さらに、「吉備の大宰」が天武八年（六七九年）に出てくるが、吉備に大宰府は出てこない。いずれにしても、『紀』では大宰府がいつ設置されたのか、また、誰が設置したか、さらにそもそも「大宰」や「大宰府」が何を意味しているのかも、不明のままだ。そして、当地の太宰府にやって来て「太宰」が用いられ「大宰」が用いられていないことに驚いた。

明経道が重視する経書で、十三経の一つである『周礼《しゅらい》』は、中国の古代王朝である周代の官制について非常に詳しく記しているが、その中で、官職が六官に分けられ、さらにこれらが細分化されて、三百六十の官職について記してあるが、その中で第一の、国を所管する「天官」の長官が、「冢宰《ちょうさい》」と記されている。さらに、同書で、「大宰の職は、邦《くに》の六典を建て、以て王を佐《たす》け邦国を治するを掌《つかさど》る」〔大宰の職は、国の六種の法典を定め、もって王を輔佐し、国政を掌る〕とある。さらに、唐の杜佑《とゆう》が撰し貞元十七年（八〇一年）に成立した『通典《つてん》』には、「大宰…亦、冢宰と曰《い》ふ。周武の時、周公始めて之に居り、邦《くに》の治を建てるを掌《つかさど》る」〔大宰…また、冢宰という。周の武王の時、武王の弟が初めて大宰の地位に就き、国政を掌る〕とある。そうであるならば、「冢宰《ちょうさい》」とは「大宰」のことを意味し、「冢宰」「大宰」は天子の第一の臣下をいう。

私が読んだ『周礼』は、正確には後漢の鄭玄《ていげん》が注を記し、唐の賈公彦《かこうげん》が注をさらに注釈したもので、唐の時代に成立した書物だ。また、『通典』も唐の時代の書物だ。つまり、ともに北朝系の書物だ。これに対し、南朝系の『宋書』では、例えば「大明八年（四六四年）廃帝《はいてい》即位し、詔して曰《いは》く『太宰江夏王義恭《ぎきょう》、新たに中書監、太尉に除す』〔大明八年に廃帝が即位し、詔して言うことに『太宰江夏王義恭を新たに中書監、太尉に任命する』〕」と記されている。『宋書』の中に「太宰」が登場する。『宋書』「百官志」「上」に、九品ある諸官のうち、第一品がさらに九官に分かれているが、その第一に、つまり天子の第一の臣下が「太宰」として登場する。これが先の「大宰」「冢宰」と同意のはずだ。さらに、『宋書』には「府」が頻出する。

天府・大府・州府・衛軍府といったように。「府」とは官庁の意であり、官吏が留まって仕事をするところだ。

とすれば、「太（大）宰府」とは、現在のわが国に譬えるならば、「太（大）宰」に相当する摂政・関白あるいは太政大臣がいて、その下で多くの官僚が仕事をする「府」（役所）ということになるだろう。

「吉備の大宰」とは、吉備国に宋の天子に仕える太宰がいたことを示し、吉備国にかなり強力な国があったことを意味するが、吉備国と宋との交流に関する歴史的資料が見つからない以上、「吉備の大宰」は自称であった可能性もある。

「大」ではなく「太」ということにも注意する必要がある。『紀』の編輯者は北朝系の唐で編まれた『周礼《しゅらい》』や『通典』を資料としたから「大宰」「大宰府」と記したが、倭国は南朝の宋と往来し、また、『宋書』を資料としたから「太宰」「太宰府」と命名したのではないだろうか。今私が謫居しているここ太宰府南館のある筑紫の人々が、「大宰府」ではなく「太宰府」に親しんでいるのも、当地が南朝系の宋との交渉があったからなのだろう。こう考えると、太宰府は南朝の宋の天子に仕える第一の臣（太宰・冢宰）が政務を執る官庁ということになる。

では、なぜ太宰府が筑紫国にあって大和国にないのか、という問題が生じる。大和政権が宋（南朝劉宋）に仕える場合には、太宰府は大和の国にあるはずだ。南朝の宋と交渉のあった倭国、その王たちは、既に書き記したように、例の倭の五王だ。この五王を大和政権の履中―反正―允恭《いんぎょう》―安康―雄略としたり、一代前にずらして、仁徳―履中―反正―允恭―安康とすることの矛盾は以前（第二章　その五：倭の五王）に書き記した。倭の五王は大和政権内の天皇ではなく、倭国の王だったからこそ、太宰府が筑紫の国にあるのだろう。だからこそ、『紀』には太宰府の設置年が書かれなかった。いつ設置されたかわからなかったからだ。太宰府という南朝の宋の天子に仕える第一の臣（太宰・冢宰）が政務を執る官庁を大和朝廷が設置したとしたら、その設置年を書き忘れたなどということはあり得ないことだ。

では、いったいなぜ、誰がわが国に太宰府を設置したのか。

『宋書』「倭国伝」中、倭王武《ぶ》の上表文には、

「臣下である私は、いたって愚かな者でありますが、かたじけなくも祖先の偉業を受け継ぎ、馬を駆って統一した国々を率い、南朝劉宋《りゅうそう》の天子を中心とする秩序に従って参りました」

とあるように自らが明確に宋の天子の臣下であることを表明している。その武によれば、「昔より、私の遠い祖先から父までの倭王は、みずから甲冑を身につけ、山川を駆け巡り、安らかなところとてない有様でした。東の方、東隣の倭人である毛人の五十五国を征服し、西の方、宋の都建康から見れば東ですが、倭人の住む地域の中では西にいる衆夷《しゅうい》（九州人）の六十六国を帰服させ、さらに海北にあたる韓地の九十五国を平定しました。中国の天子が天下を統治す

る道は和らぎ且つゆったりとしています。私の祖先は天子の配下の国として、天子の統治領域を広げ、天子のいます畿からはるかに隔たったところまで、天子の威令が及ぶようにしたのでした」

と述べて、倭国の代々の王が宋の天子に仕えてきたことを強調した後、高句麗の侵攻により、宋の天子の領地である楽浪郡・帯方郡への往来が不如意となったため、武の父（済《せい》）と兄（興《こう》）は兵百万を率いて高句麗討伐に向け出発しようとしたところ、不慮の事故で死亡し、今までその戦いを控えてきたが、やっと準備も整ったので、武は父・兄の志を実現させたいとして、つぎのように表明している。

「宋の天子の先陣としての正義の士である虎賁《こほん》の士（周以来の官名。天子の出入の儀式の際、先後で天子を守る兵士）として、文武の功を立て、眼前で白刃を交えるときも、危険を顧みないつもりです」

と。

一貫して宋の天子への忠誠のもとに行動することを述べた後、「密かに私自身を開府儀同三司の任の者と見なし、私以外の配下の者にも位や称号を授け、それによって中国の天子に対する忠節を尽くすよう、勧めることにしています」

と書いて、上表文を締めくくっている。

「開府儀同三司」とは何か。「開府」というのは、「府」（官庁）を開く権限を与えるという意であり、「儀同三司」とは、儀礼上、三司と同じと認めるという意である。『宋書』「百官志」「下」によれば、官は全部で九品に分かれているが、その第一品はさらに第一グループの「太宰《たいさい》・太《たい》傅《ふ》・太保《たいほ》」と第二グループの「太尉・司徒・司空」と第三グループの「大司馬・大将軍・諸位従公」に分かれており、このうち第二グループを「三司」という。結局、倭王武は「太尉府・司徒府・司空府」に準じた府を開く権限を自らに与えると言っているのだ。なぜこんなことを言うのか。当時、朝鮮半島内部で倭国と敵対していた高句麗王が既に「開府儀同三司」の位を宋の大明七年（四六三年）に、宋の孝武帝より賜っていたからだ。

　しかし、この位とて「太宰」に及ばない。とすれば、武（在位四七八年〜五〇二年までは確認できた）の後の倭王によって、「太宰」を自称することになったのだろうと想像することができる。なぜなら、その後あの多利思北孤《たりしほこ》が大業三年（六〇七年）に隋に使者を送り、その国書の中で「日出づる處の天子、書を日没する處の天子に致す。恙無きや」と述べたことは、その前段階で「太宰」を自称する倭王がいたことを示唆しているからだ。つまり、武と多利思北孤の間の名称不明の倭王によってここ筑紫に太宰府が設置されたのだと思われる。

　大和に太宰府があるはずはなかったのだ。

その三：春はすでに

左遷された翌年の延喜二年（九〇二年）の秋、私も脚気と皮膚病のため体調が思わしくなかったが、隈麿《くままろ》が急逝してしまった。突然のことだったため、だれもが心の晴れない日々が続いた。

「秋夜」
床の頭《ほとり》に展転して　夜深更なり
壁に背けたる微《かす》かなる燈《とぼしび》に夢も成らず
早き雁も寒《こ》いたる蛬《きりぎりす》も　聞くに一種
ただ童子の書を読む声のみ無し
　童子は小男が幼き字、近頃夭亡せり
（寝床の上で眠れぬままに寝返りを打つ　夜更け
壁の方に向かせたかすかな灯のために　夢もみられず眠ることもできず
早秋　雁の訪れる声も　こおろぎの寂しそうな声も
例年の秋と変わらない同じ声だが

我が子の童子が書物を読誦した声だけは　今年は聞かれない
童子は我が子の隈麿《くままろ》の幼き名前、最近夭亡した〕

「九月盡《じん》」
今日《こむにつ》二年《じねん》　九月盡
此の身　五十八廻の秋
何事を思ひ量りてか中庭に立てる
黄菊　残花　白髪の頭《かむべ》

〔〈延喜二年（九〇二年）〉九月三十日
今日は延喜二年九月三十日
この身は生まれて五十八年の秋だ
何事を思案しながら中庭に立っているのか
園には黄菊の花が一群咲き残り
庭には一人の白髪頭の人がいる〕

「偶作」（延喜二年十二月頃の作）
病ひは衰老を追ひて到る　愁へは謫居を　趁《もと》めて来《きた》る
此の賊《あだ》　逃るるに處《ところ》なし　観音　念ずること一廻《いつくわい》
〔私には衰老の賊がやって来たが、その後を追うように、病の賊がやって来た。
謫居の生活が始まると、その後を追うように、愁え悲しみがついてきた。
すでに衰老・病・愁え悲しみの賊がやって来たのだから、最後に死の賊がやって来るだろう。死がやって来るとき、逃れる場所はない。

死を思う度に、観音にたすけたまえと一反《かえ》りずつ仰向けに反り返っては念じる」

「謫居《たくきょ》の春雪」（延喜三年正月の頃）絶筆

城《あづち》に盈《み》ち郭《くるわ》に溢れて　幾ばくの梅花ぞ

なほしこれ風光の　早歳の華

雁の足に黏《ねやか》り将《ゐ》ては帛《きぬ》を繋《か》けたるかと疑ふ

烏の頭《かしら》に點《さ》し著《つ》きては　家に帰らむことを思ふ

〔春の淡雪が降り積もって、都府の内外の至る所、満ちあふれるように梅の花がいっせいに咲いたかと思いあやまたれる。

この春の雪は、日の光に揺れ動く歳の初めの花である梅の花さながらだ。

雁の足に春の雪が粘り着いて手紙の白絹をかけているかと思われる。

（蘇武が匈奴に捕らわれて十九年、帰京の志を捨てず、雁の足に手紙の白絹をかけた。天子がこの雁を上林に射て、蘇武の無事を知ってこれを助け出したという故事による）

烏の頭に春の雪が点を打ったように乗っかっていて、これで家に帰られるのかと思う。

（燕の太子丹が秦王に捕らわれ、家に帰ろうと思ったが、秦王はこれを許さず、もし烏の頭が白くなり、馬に角が生じたら許そうと言った。丹が天を仰いで嘆くと、烏の頭が白くなり、馬に角が生じて、家に帰ることができたという故事による）
〈蘇武と燕丹とを例に、激しい望郷の思いを詠ったつもりだ〉」

私が謫居しているこの地は旧倭国の都があったところであり、阿倍仲麿殿の故郷だったところ。また、柿本人麿殿の生まれ故郷は石見国であっただろうが、人麿殿はこの倭国の旧都で、優れた歌人として頭角を現していたことだろう。私は今ここにいて、人麿殿や仲麿殿との不思議な縁《えにし》を感じている。

かつて私は、春はいつになったらやって来るのかと思っていた。しかし、あの左遷の詔が下った日以後にこそ、春がやって来ていたのだ。けっして早蕨《さわらび》が萌え出づるような清《さや》けき日々ではなかった。悲しみに満ちた日々だった。しかし、暗い風景の中にたしかに暁光が見えた。

朝廷が是とする宮廷歌人を越え、阿《おもね》ることのない魂の叫びを詠った柿本人麿殿。人麿殿にとって滅びゆくものがすべて美しかったわけではない。滅びゆくもの・滅んでいったものが、あたかも存在しなかったかのように抹消されることに対して異を唱え、この限りで滅びゆくもの・滅んでいったものに対し、人麿殿は、限りない温かなまなざしを注いだのではなかったか。

この温かなまなざしこそ人麿殿の魂の叫びだったのだ。

また、真なるものに基づく知の集積の尊厳を守ろうとした阿倍仲麿殿や私に対し、朝廷はなす術がないだろう。あるとすれば、阿ることのない魂の叫びや真なるものに基づく知の集積の尊厳を懐深く受け容れるか、あるいは封殺するかだろう。

いずれにしても、魂の叫びや真なるものに基づく知の集積は強い。これらをなきものにすることはできない。輝く春は来ていたのだ。

この書簡は幼き紅姫とともに安行殿に託す。安行殿は土佐国にいるおまえ高視《たかみ》のもとに、確実に送り届けてくれることだろう。

紅姫を頼む。幼い妹を慈しみ育ててほしい。

そして同時に、この書簡を子々孫々に伝えてほしい。百年後あるいは千年後、いやそれ以上の歳月がかかるかもしれないが、いつの日にかこの書簡が公になったほうが、わが国の将来のためによかったという日が訪れるだろう。

虚妄の部分が意図的に存在する歴史観や文学は、やがてその全否定へと繋がる危険性がある。全否定も誤りだ。虚妄の部分を根本的に訂正する勇気と誠実さこそを、高視たちや後世の人たちに期待したいのだ。

延喜三年（九〇三年）二月二十五日、道真逝去、享年五十九歳。

この後のことを私が知る由もない。ただ、私を埋葬するために安行殿は太宰府政庁の許可を取り付け、あの霊山である三笠山に葬るため、南館を牛車で出発したとのことだった。

道真年譜（年齢は数え年）

・貞観九年　（八六七年）文章得業生となる。二十三歳
・貞観十二年（八七〇年）三月二十三日、方略試を受験、五月十七日、合格。二十六歳
・貞観十三年（八七一年）正月二十九日、玄蕃助に任命され、三月二日、少内記に遷る。
・貞観十四年（八七二年）正月六日、存問渤海《ぼっかい》客使となるが、同月十四日の母の喪により停職。
九月、摂政・太政大臣藤原良房薨去。基経右大臣となる。
・貞観十五年（八七三年）祖父清公の死去に伴い、菅原院と菅家廊下を父是善から引き継ぐ。
・貞観十六年（八七四年）正月十五日、兵部少輔に任命され、二月二十九日、民部少輔に遷る。
・貞観十九年（八七七年）正月十五日、式部少輔に任命され、十月十八日、文章博士を兼ねる。
・元慶二年（八七八年）『日本書紀』を講書（元慶五年まで）。
・元慶三年（八七九年）『後漢書』を講書（元慶五年まで）。
・元慶四年（八八〇年）八月、父是善薨去（六十九歳）、後の白梅殿に移る。三十六歳
十二月、藤原基経、太政大臣に就任。
・元慶五年（八八一年）三善清行が方略試を受験。門頭博士は道真。
・元慶六年（八八二年）『日本書紀』講書終了を祝う竟宴《きょうえん》が行われた。

・元慶七年（八八三年）正月十一日、加賀権守に任命された。夏、渤海大使裴頲《はいてい》らを接待。道真の次男・三男が病死。同年紅梅殿を設ける。また、三善清行を改判丁第とする。
・元慶八年（八八四年）五月九日、光孝天皇に太政大臣の職掌について奏上。
・仁和二年（八八六年）正月十六日、讃岐守となり、三月二十六日着任。四月七日より領内を巡視。四十二歳
・仁和三年（八八七年）八月、宇多天皇即位。十一月、阿衡の紛議が起こる。
・仁和四年（八八八年）五月、三善清行らが「阿衡勘文」を二度朝廷に提出。十月、藤原基経に「昭宣公（基経殿）に奉る書」を奉る。
・寛平二年（八九〇年）春、讃岐守の任を終え、帰京。五月十六日、橘広相薨去。
・寛平三年（八九一年）正月十三日、関白基経薨去（五十六歳）。三月九日、再び式部少輔に任命される。三月二十九日、蔵人頭に任命される。四月十一日、左中弁を兼任。四十七歳
・寛平四年（八九二年）正月七日、従四位下に叙位される。二階級特進。五月一日、『日本三代実録』の編輯を開始。五月十日、『類従国史』の編輯終了。

十二月五日、左京大夫を兼任。

この年、宇多帝に『群書治要』を侍読。

同年、藤原保則参議となる。

・寛平五年（八九三年）二月十六日、参議となり、式部大輔を兼任。同日、藤原時平、中納言に任じられる。源能有は大納言。
二月二十二日、左大弁。三月十五日、勘解由使長官を兼任。

四月一日、春宮亮も兼任。皇太子を誰にするか、宇多帝より諮問される。四月二日、敦仁親王皇太子になる。

九月二十五日、『新撰万葉集』を撰した。この頃、後の『万葉集』の原型の編輯終了。四十九歳

・寛平六年（八九四年）十二月十五日、侍従を兼任。

・寛平七年（八九五年）正月十一日、近江守を兼任。四月二十一日、藤原保則薨去。
五月十五日、渤海大使裴頲らと詩賦を交わす。

十月二十六日、中納言に任じられ、従三位に叙位される。

十一月十三日、春宮権大夫を兼任。

この年、宇多帝の譲位の意向をとどめる。五十一歳

・寛平八年（八九六年）八月二十八日、民部卿を兼任。十一月二十六日、長女衍子が入内。
この年、源能有が右大臣となる。
・寛平九年（八九七年）六月八日、源能有薨去。
六月十九日、権大納言に任じられ、右大将を兼ねる。

同日、藤原時平が大納言に任じられ、左大将を兼ねる。

七月三日、宇多帝が敦仁親王に譲位。宇多帝は醍醐帝に『寛平の御遺誡』を示し、道真と時平に「奏請宣行」の職務を与える。

七月十三日、正三位に叙位され、同月二十六日、中宮大夫を兼任。
・昌泰二年（八九九年）右大臣に任じられる。藤原時平は左大臣、正三位。ともに内覧を兼ねる。この年、三度「右大臣を辞する表」を醍醐帝に奉る。
十月二十四日、宇多上皇は出家され宇多法皇となる。
・昌泰三年（九〇〇年）八月十八日、菅家三代の詩文集を醍醐帝に献上する。
十月十一日、三善清行より「奉る書」が道真に届く。

同月二十一日、三善清行が朝廷に「明年辛酉革命の議」を上書。

この年、二度「右大将を辞する表」を醍醐帝に奉る。
・昌泰四年（九〇一年）一月七日、藤原時平とともに従二位に叙位される。同月二十五日、

・延喜元年　　大宰権帥として左遷。（七月十五日、延喜と改元）

・延喜二年　（九〇二年）秋、幼子隈麿《くままろ》、急逝。

・延喜三年　（九〇三年）二月二十五日、謫居先で薨去。五十九歳

あとがき

日本・中国・韓国《からくに》（韓地）の九世紀以前に関する『日本書紀』『続日本紀』『日本三代実録』、『三国志』『宋書』『後漢書』『隋書』『旧唐書』『新唐書』、『三国史記』等の歴史書、そして『万葉集』『古今和歌集』等の歌集を基本資料とした。菅原道真に関しては中島信太郎氏の『菅原道真―その人と文学―』、今正秀氏の『摂関政治と菅原道真』等の珠玉の研究成果を活用させていただいた。さらに、日本古代史や『万葉集』に関しては、優れた研究者である古田武彦氏、山口博氏をはじめ、古賀達也氏、福永晋三氏、平田博義氏、力石巌氏といった多くの研究者の貴重な研究成果を「第二章『日本書紀』を読む」、「第四章『万葉集』を読む」や「第五章　その一‥三笠山」等で参考にさせていただいた。衷心より感謝申し上げたい。

この書簡はこうした優れた研究者の業績を踏まえてはじめて書き上げることができたが、菅原道真に関しては、従来の菅原道真像にはない道真像を描いたつもりである。

【著者略歴】

武井　敏男（たけい　としお）

昭和 47 年 3 月　京都大学教育学部卒
昭和 47 年 4 月～平成 21 年 3 月　群馬県高校教師
昭和 60 年 3 月　早稲田大学文学研究科　修士課程修了
平成 3 年 3 月　同博士課程単位取得中退
現在　群馬工業高等専門学校　非常勤講師

菅原道真《すがわらのみちざね》の古代日本論《こだいにほんろん》　—独白《どくはく》する日本書紀《にほんしょき》と万葉集《まんようしゅう》の虚構《きょこう》—

2015 年 8 月 8 日　第 1 刷発行

著　者 — 武井《たけい》　敏男《としお》

発行者 — 佐藤　聡

発行所 — 株式会社 郁朋社《いくほうしゃ》

〒 101-0061　東京都千代田区三崎町 2-20-4
電　話　03（3234）8923（代表）
ＦＡＸ　03（3234）3948
振　替　00160-5-100328

印刷・製本 — 壮光舎印刷株式会社

装　丁 — 根本 比奈子

落丁、乱丁本はお取り替え致します。

郁朋社ホームページアドレス　http://www.ikuhousha.com
この本に関するご意見・ご感想をメールでお寄せいただく際は、
comment@ikuhousha.com　までお願い致します。

　ISBN978-4-87302-602-2 C0093